KING
HENRY
THE FIFTH

헨리 5세

윌리엄 셰익스피어 지음
이태주 옮김

WILLIAM
SHAKE-
SPEARE

헨리 5세

초판 1쇄 인쇄 · 2024년 7월 8일
초판 1쇄 발행 · 2024년 7월 16일

지은이 · 윌리엄 셰익스피어
옮긴이 · 이태주
펴낸이 · 김화정
펴낸곳 · 푸른생각

편집 · 지순이 | 교정 · 김수란, 노현정 | 마케팅 · 한정규
등록 · 제310-2004-00019호
주소 · 서울시 중구 충무로 29, 아시아미디어타워 502호
대표전화 · 02) 2268-8707
이메일 · prun21c@hanmail.net / prunsasang@naver.com
홈페이지 · http://www.prun21c.com

ⓒ 이태주, 2024

ISBN 979-11-92149-44-8 03840
값 20,000원

헨리 5세

—

윌리엄 셰익스피어 지음

이태주 옮김

책머리에

　　세익스피어 사극은 영국 왕조 시대 이야기입니다. 전쟁과 해외 원정이 끝날 줄 모르고 계속되면서 국민들은 폭력과 약탈, 기근과 질병으로 극심한 고통을 받고 있었습니다. 〈존 왕〉 〈리처드 2세〉 〈헨리 4세〉⑵부작) 〈헨리 5세〉 〈헨리 6세〉⑶부작), 〈리처드 3세〉 등 영국 역사극은 반란과 폭동, 정치적 책략과 배신 등 왕권 쟁탈전이 되풀이되면서 평화와 질서가 유린되는 수난의 기록입니다.

　　영국과 프랑스 사이에 벌어진 백년전쟁은 1337년에 시작되었습니다. 그 이후 오랫동안 양국 간에 전쟁이 계속되다가 1415년 8월, 헨리 5세는 2만 명의 병력을 이끌고 프랑스를 공략했습니다. 10월 25일 아쟁쿠르 격전에서 프랑스군을 대파하고 극적인 승리를 거두었습니다. 1429년 7월 17일 프랑스의 샤를 7세가 대승리를 거두면서 대관식을 거행했습니다. 이후, 프랑스는 1453년까지 영국이 확보했던 칼레를 제외하고 전 국토를 수복해서 백년전쟁에 종지부를 찍었습니다.

　　한편 영국은 장미전쟁이라는 내란에도 시달렸습니다. 흰 장미 요크 가문과 붉은 장미 랭카스터 가문이 30년 동안 혈전을 펼친 참담한 전쟁이었습니다. 1455년에 시작된 장미전쟁은 1485년 8월 보스워스 전투에서 요크 가문의 리처드 3세가 전사하고 랭카스터 가문의 헨리 7세가 승리하면서 종결되었습니다.

이 모든 영국사의 참극과 그 이후 세계에서 전개된 전쟁의 역사를 보면서 나는 왜 전쟁은 끝나지 않는가라는 의문을 갖게 되었습니다. 그 의문에 대한 해답을 얻기 위한 첫걸음으로 영국의 역사를 읽고, 셰익스피어 역사극을 이해하는 일을 시작했습니다. 그 과정에서 나는 전쟁은 예나 지금이나 같다는 것을 깨닫게 되었습니다. 과거는 정말이지 오늘과 내일을 비추는 거울이었습니다.

영국 역사극 가운데서도 〈리처드 3세〉와 〈헨리 4세〉(2부작)는 최고 걸작입니다. 전자는 정치적 배신과 잔혹성이 난무하는 드라마로 충격적인 명성을 얻었습니다. 1막 1장에서 보여준 리처드의 악마적 실체, 2장에서 벌어지는 앤 왕비를 농락하는 드라마는 셰익스피어의 천재적 극작술이 발휘된 명장면입니다. 온갖 만행을 저지른 리처드의 최후는 비참했습니다. 패전 직전 막바지에 몰린 리처드는 "말을 다오! 말이다! 말을 주면 왕국을 주겠다"라고 비명을 지르다가 죽었습니다. 후자는 비극과 희극의 심원한 주제를 다루면서도 희극의 재미를 안겨주는 역사극 특유의 매력을 창출한 작품입니다. 폴란드의 셰익스피어 학자 얀 코트는 셰익스피어가 표현한 세계를 현실 세계와 비교해서 해석하려고 한다면 〈리처드 3세〉부터 읽어야 한다고 주장했습니다. 셰익스피어의 세계는 우리 모두의 인생을 반영하고 있기 때문일 것입니다. 〈리처드 3세〉는 왕권 장악을 위한 투쟁으로 시작됩니다. 왕권을 장악하면 왕권 안정을 위한 투쟁을 계속합니다. 그 결과는 언제나 왕의 죽음과 새로운 왕의 즉위입니다. 새로운 왕은 왕권 투쟁을 통해 너무나 많은 잔혹 행위를 하게 됩니다. 그래서 기나긴 범죄의 쇠사슬을 질질 끌고 악몽 같은 여생을 살아갑니다. 그는 자신을 도왔던 측근들을 왕권 도발을 한다고 의심하며 살해합니다. 그리고 나서 그에게 반기를 든 적들을 차례로 죽입니다. 아무리 죽여도 적 모두를 죽일 수는 없습니다. 살아남은 적수 한 사람이 유형지에서 돌아옵니다. 그는 복수심에 불타 왕에게 도전장을 내고 피투성이 싸움 끝에 왕권을 탈취합니다. 그는 선왕에 항거하던 주변의 귀족들과 영주들의 지원을 받으며 정의와 질서의 상징으로 추앙받습니다. 그러나, 시간이 흐르면서 이들 간에 권력투쟁이 재현됩니다. 또다시 살인과 폭력과 배신의 역사가 시작됩니다. 역사의 수레바퀴가 한 바퀴 돌아가면서 새로운 비극의 역사가 다시 시작됩니다. 얀 코트는 이를 '역사의 악순환'이라고 개탄했습니다.

헨리 4세로 왕위에 오른 볼링브로크는 에드워드 3세의 아들 랭카스터 공작의 아들이었습니다. 에드워드 3세의 아들 에드워드의 아들은 리처드 2세였습니다. 리처드 2세는 랭카스터 공작의 영토를 몰수했습니다. 이에 불만을 품은 볼링브로크를 리처드 2세는 프랑스로 유배합니다. 그는 선친의 지위와 영토를 재탈환하기 위해 프랑스에서 군사를 이끌고 영국을 침공합니다. 허를 찔린 리처드 2세는 원정길에서 급히 돌아와서 전쟁을 했지만 기세가 꺾여 패배했습니다. 그는 포로의 몸이 되어 성탑에 유폐되었다가 볼링브로크가 보낸 암살범에게 살해당합니다. 헨리 4세는 그의 치세 동안 자신이 저지른 과거사 때문에 양심의 가책을 받습니다. "왕관을 쓴 머리는 편안한 잠이 오지 않는다"라고 그는 실토합니다. 그를 왕위에 오르도록 도왔던 북방의 영주들은 헨리 4세가 왕위에 오를 때 약속한 조건을 어겼다고 불만입니다. 북방의 영주 노섬벌랜드의 아들 홋스퍼는 반란을 주도합니다. 그러나 그는 헨리 왕자와의 결투에서 살해당합니다. 그래도 굴복하지 않고 요크 대주교, 노섬벌랜드, 헤이스팅스 등 북방의 영주들은 다시 반격을 시도합니다. 그러나, 이들에게 화전(和戰)을 제의한 헨리 4세의 아들 랭카스터 공작은 평화회담을 통해 휴전을 성사시켰는데, 반군이 해산된 시점을 노려 그는 화전의 약속을 어기고 반군의 지도자들을 모두 체포해서 처형합니다. 정치의 잔혹성, 권력의 행폐가 노정(露呈)된 반인도적 만행이었습니다. 〈헨리 4세 2부〉 4막은 화전을 둘러싸고 전쟁과 평화의 담론이 펼쳐지는 장면입니다. 귀담아 들어야 하는 중요한 내용이 쌍방의 대화 속에 담겨 있습니다. 음흉한 계략으로 전쟁에는 승리했지만, 헨리 4세는 이 모든 불법적인 잔혹 행위에 대해 고뇌의 세월을 보냅니다. 헨리 4세는 임종 때 왕자 헨리에게 과거의 일을 참회하면서 지혜롭고 영득한 왕이 되도록 덕담을 남깁니다. 그러나, 그도 왕이 되자 프랑스 원정의 길을 떠납니다. 그는 프랑스 전쟁터서 용맹을 떨쳤지만 질병으로 막사에서 사망했습니다.

나는 〈헨리 4세〉를 읽으면서 손에서 책을 놓을 수 없었습니다. 너무나 재미있고, 지혜롭고, 감동적인 작품이었기 때문입니다. 그 재미의 원천은 왕자와 폴스타프가 펼치는 드라마 때문입니다. 다양한 성격의 인물이 등장하는데 한 사람도 놓칠 수 없이 흥미롭습니다. 그들의 대사는 자극적이요, 유머러스하고, 감성적이며 본능적입니다. 극은 다층구조입니다. 폴스타프가 술집에서 진행하는 극중극은 그 좋은 예입니다. 두 사람의 관계가 재미있습니다. 왕권의 질서와 민중의 무질서입니다. 두 사람의 관계가 파탄으로 가는 2부 끝머리 장면은 생의 비극을 맛보게 합니다. 극중극에서 폴스타프와 왕자는 서로 다른 역할을 하면서 현실과 허구세계의 상반(相反)을 보여줍니다. 대중적 흥미를 고조시키는 교묘한 극작술이요, 연극적 카다르시스입니다. 그 재미에 본인도 압도당합니다. 폴스타프는 모순투성이입니다. 꿈속에서 웃고, 현실에서 눈물짓는 인생 그 자체의 부조리와 모순입니다. 인간의 본능적인 욕망이 이스트치프 선술집에 모인 사람들로부터 분출합니다. 엘리자베스 시대 대중들은 그랬습니다. 노도와 질풍이었습니다. 전란 속 사람들은 모두 그러합니다, 우리도 남들도 그랬습니다.

왕자와 폴스타프의 대조적인 상황을 상징적으로 보여주는 장면은 〈헨리 5세〉 전편에서 거듭거듭 강조되는 헨리 왕의 원정 이야기와 2막 3장의 폴스타프 입종 장면입니다. 헨리 5세가 파죽지세로 프랑스를 쑥밭으로 만들고 있을 때, 폴스타프는 런던의 주막집에서 쓸쓸히 숨을 거두고 있습니다. 퀴클리는 폴스타프의 임종을 봅니다. 폴스타프는 "홑이불을 만지작거리면서 꽃을 따는 시늉을 하며 손끝으로 꽃을 따고 싱긋 웃었다"고 퀴클리는 전합니다. 폴스타프는 "하느님, 하느님, 하느님" 하면서 숨을 거뒀습니다. 님 하사가 물었습니다. "술을 저주했다면서요?" 퀴클리는 응답했습니다. "그랬습니다." 바돌프는 물었습니다. "여자도?" 퀴클리는 응답했습니다. "여자는 저주하지 않았습니다." 옆에 있던 소년이 말했습니다. "저주했습니다. 여자는 악마의 화신(化身)이라고 말했습니다." 퀴클리는 응수했습니다. "화신(化身)이 아니라 화신(花信)이다. 카네이션 꽃을 싫어했어."(incarnate와 carnation을 병치하는 셰익스피어 특유의 언어 사용—역자 주) 헨리 5세는 계속해서 프랑스에 총을 내밀었습니다. 폴스타프는 꽃을 만지며 사랑과 평화를 몽상했습니다. 그는 파란만장의 유랑아였습니다. 반문화(anti-culture), 반기성질서(anti-establishment)를 부르짖으며 '총보다 꽃'을 주장한 1960년대 미국의 히피 문화를 연상시킵니다.

〈리처드 3세〉와 〈헨리 4세〉(2부작)를 읽으면서 나는 얀 코트의 말을 상기합니다. "역사는 아무런 의미가 없다. 역사는 정지되어 있다. 잔혹한 순환을 되풀이하고 있다." 전쟁의 역사를 보면 얀 코트의 말이 옳습니다. 전쟁은 끊이지 않고 계속되고 있습니다. 역사는 마치 돌고 도는 수레바퀴처럼 정지되고 있는 듯합니다.

이 나라에서 한때, 셰익스피어 역사극 공연은 허락되지 않았습니다. 셰익스피어 역사극은 국가 원수들의 형장(刑場)이었기 때문에 불온한 책으로 간주되었습니다. 브레히트의 작품과 셰익스피어 사극 공연이 금지된 사건은 우리 연극사의 오점이요 수치였습니다. 문민정부 시대에 그 금기는 풀렸습니다. 나는 명배우 권성덕 씨를 만나 〈리처드 3세〉를 국립극장 무대에 올리자고 말했습니다. 그 당시 국립극단 단장이었던 그는 대찬성이었습니다. 나는 즉시 번역에 착수했습니다. 〈리처드 3세〉는 김철리 연출로 국립극장 무대서 막을 올렸습니다. 리처드 3세 역을 기대했던 배우 권성덕은 단장 일로 다른 배우에게 주인공 역을 맡겼습니다. 마거릿 역을 맡은 여배우 이승옥은 연습을 끝내고 집에 돌아와서 심야에 자주 나에게 전화를 했습니다. 작품이 아주 마음에 든다고 하면서 작중인물의 성격에 대해서 나와 긴 대화를 나누곤 했습니다. 셰익스피어 대사가 이렇게 좋을 수 없다는 것이 이 배우가 자주 터뜨리는 찬사였습니다. 이 공연은 한국 초연이 되었습니다. 나는 이 공연이 암담했던 시대와 공명하면서 우리의 존경심과 자부심을 반영한 기념비적인 무대였다고 생각합니다.

〈리처드 3세〉 공연 후, 나는 폴스타프에 심취해서 〈헨리 4세〉(2부작)와

〈헨리 5세〉 번역을 했습니다. 나는 그 엄청난 일을 하면서 그지없이 행복했습니다. 셰익스피어 번역은 고생스러운 일인데, 나는 조금도 권태롭지 않았습니다. 폴스타프가 있었기 때문입니다. 왕궁과 선술집이라는 두 대조적이며 이질적인 공간에서 두 가지 인생 장면이 너무나 흥미롭게 진행되었기 때문입니다. 궁전 귀족들의 음산한 정치와 전쟁의 어둠은 왕자와 폴스타프의 자유분방한 삶의 희열과 환락으로 무섭게 대조되는 인생의 양면입니다. 이윽고 헨리 5세가 된 왕자는 폴스타프를 배척하고 체포합니다. 폴스타프의 절망은 이만저만 하지 않았습니다. 그가 너무 가련하게 느껴졌습니다. 이 장면은 삶의 비통한 현실입니다. 헨리 5세가 한 일은 지금까지 찬반 논란이 계속되고 있습니다. 〈헨리 4세〉는 내가 서울시극단장 시절에 연출가 김광보에게 부탁해서 무대에 올렸습니다. 당시로는 획기적인 무대미술과 탁월한 연기술, 그리고 정확한 작품 해석으로 관객의 박수갈채를 받은 명작무대였습니다.

셰익스피어 작품집을 새롭게 간행하게 되었습니다. 이 기회에 그동안 미루었던 전폭적인 수정작업을 단행했습니다. 해묵은 번역이어서 손댈 곳이 많았습니다. 새롭게 번역하고 단장해서 셰익스피어가 새롭게 세상으로 나가게 되어 감개무량한 느낌입니다. 힘써주신 푸른사상사의 한봉숙 사장님, 편집과 교정을 말끔하게 해주신 김수란 팀장과 편집진 여러분에게 깊은 감사의 뜻을 전합니다.

2024년 1월
옮긴이 이태주

차례

헨리 5세

King Henry The Fifth

등장인물

왕_ 헨리 5세
글로스터 공작_ 왕의 동생
베드퍼드 공작_ 왕의 동생
엑서터 공작_ 왕의 숙부
요크 공작_ 왕의 사촌 동생
솔즈베리 백작
웨스트모어랜드 백작
워릭 백작
캔터베리 대주교
일리 주교
케임브리지 백작
스크루프 공
토머스 그레이 공
토머스 어핑엄 경_ 영국군 장교
가워 경_ 영국군 장교
플루엘렌 경_ 영국군 장교
맥모리스 경_ 영국군 장교
제이미 경_ 영국군 장교
베이츠_ 영국군 병사
코트_ 영국군 병사
윌리엄스_ 영국군 병사

바돌프 소년
전령
샤를 6세_ 프랑스의 왕
루이 태자

부르고뉴 공작
오를레앙 공작
부르봉 공작

프랑스의 대원수
람뷔르_ 프랑스의 귀족
그랑프레_ 프랑스의 귀족
몽조이_ 프랑스의 사자
영국 왕에게 파견된 사절들

이사벨_ 프랑스의 왕비
카트린_ 찰스 왕과 이사벨 왕비의 딸
알리스_ 왕녀의 시중을 드는 귀부인
이스트치프_ 주막의 마누라. 전에는 퀴클리 주모라 불렸고, 현재는 피스톨의 아내

귀족들, 귀부인들, 장교들, 병사들, 시민들, 사자(使者)들, 종자(從者)들
코러스 설명역

장소

영국, 후에 프랑스

프롤로그

코러스 등장.

코러스 오, 시의 여신 뮤즈여, 창조의 빛나는 하늘 끝까지 불꽃을 뿜어
내는 그대여, 나에게 영감을 안겨다오. 무대에는 하나의 왕국
이 서고, 왕후 귀족들은 배우가 된다. 장엄한 무대의 관객들은
제왕들이 된다! 그러면, 무공(武功)을 떨친 헨리는 군주답게, 군
신 마르스의 모습으로 등장하며, 그의 발목에는 굶주림과 칼과
불이 혁대 줄에 매인 엽견들처럼 어명을 기다리며 웅크리고 있
다. 하지만 여러분, 용서하세요, 우둔하고 평범한 배우들이, 이
토록 초라한 무대에서, 그토록 장엄한 주제의 연극을 펼치는 것
을. 투계장(鬪鷄場) 같은 이 오두막이 과연 프랑스의 광막한 전
쟁터를 수용할 수 있습니까? 이 O자형의 목조 가옥 속에 아쟁
쿠르의 하늘을 놀라게 만든 갑옷 입은 수많은 용사들로 채울 수
있습니까? 용서하세요! 이 O의 문자가 숫자로 말하면 영(零)이
지만, 끝자리에 붙이면 백만을 나타낼 수도 있지요. 그리고 백
만에 대하여 영의 존재인 우리들은 한결같이 여러분의 상상력
에 의지할 수밖에 없습니다. 제발 상상해주십시오. 이 오두막
건물 속에서 지금 영국과 프랑스의 두 강대국이 맞서고 있다는
것을. 우뚝 솟은 양국 해안의 절벽이 험난한 해협으로 갈라진

전선(前線)인 것을. 우리들이 부족한 점을 여러분은 상상으로 메우시고, 한 사람의 배우가 천 명의 연기를 한다고 생각하세요. 따라서, 여기, 수만 대군이 있다고 생각하세요. 우리들이 말[馬]이라고 말하면, 늠름한 말발굽이 땅에 자국을 남기는 말들의 모습을 눈앞에 그려보세요. 국왕들을 아름답게 장식하는 것도, 그들을 자유롭게 다른 장소로 옮기는 것도, 시간을 초월하는 것도, 수년 동안 계속되는 사건들을 모래시계의 한 시간으로 단축시키는 것도, 여러분의 상상력입니다. 그동안의 사정은 설명역인 제가 해설해드리겠습니다. 이 연극을 너그러운 마음으로 보시고, 관대한 평가를 해주십사, 코러스가 된 이 몸이 엎드려 비나이다. (퇴장)

제1막

제1장 런던, 왕궁의 대기실

캔터베리 대주교와 일리 주교 등장.

캔터베리 내 말해주리다, 일리 주교, 그 법안이 다시 제출되었소. 선왕 통치 11년째에 우리들의 반대를 무릅쓰고 간신히 통과되었던 그 법안 말이오. 그 당시에는 세상 물정이 소란하고 혼란스러워 그 법안의 심의를 중단하지 않을 수 없었지요.

일 리 그렇다면, 대주교님, 어떻게 하면 그 법안을 저지할 수 있습니까?

캔터베리 그 점을 잘 생각해야 합니다. 우리들 의사를 뒤집고, 그 법안이 통과되면, 우리들 소유의 땅 대부분을 잃게 됩니다. 내 말은 경건한 신도들이 유언으로 교회에 기증한 토지가 전부 몰수되는 셈이죠. 토지 총액은 이렇게 평가됩니다. 우선 왕의 체면을 유지하기 위한 백작 15인과, 기사 1천 5백 명, 그리고 향사 6천 2백 명을 그 돈으로 부양할 수 있습니다. 또한 문둥병 환자, 노령자, 육체노동에 부적합한 병약자를 구제하기 위해서 충분한 설비를 갖춘 양로원을 백 동 세울 수 있습니다. 게다가 왕에게 해마다 1천 파운드의 돈을 헌납할 수 있어요. 법안에는 그렇게 되어 있습니다.

일 리 우리들 재산이 탕진되었다면서요.

캔터베리 통째로 몽땅 사라졌습니다.

일 리 방지책은 없습니까?

캔터베리 국왕 폐하는 관대하고 공정한 분이시죠.

일 리 그리고 교회를 진심으로 사랑하고 계십니다.

캔터베리 젊을 때의 행적은 전혀 예상을 뒤엎는 일이었어요. 부왕이 숨을 거두자 왕자의 방탕한 성품이 숨을 거두고 잠잠해졌지요. 바로 그 순간, 자성하는 마음이 천사처럼 생겨나서, 국왕의 죄 많은 아담의 결함을 제거하고, 그분의 육체를 성스러운 영혼이 숨 쉬는 낙원으로 변하게 했습니다. 그토록 갑작스럽게 지혜로운 학자가 탄생한 일은 일찍이 없었으며, 그처럼 돌연하게 개준의 정이 넘쳐서, 휘몰아치는 소용돌이처럼 밀려오는 악행을 밀어 낸 일도 없었어요. 머리 아홉짜리 뱀 히드라의 재난 같은 것이 폐하의 경우처럼 일시에 사라진 예도 드뭅니다.

일 리　국민들은 폐하의 변신 때문에 축복을 받았습니다.

캔터베리　폐하께서 신학에 관해서 말씀하시는 것을 들으면, 감탄하다 못해 성직자가 되셨으면 좋았을 것이라는 생각을 하게 되지요. 또한 폐하께서 국사에 관해서 논하는 것을 듣게 되면 밤낮으로 그 일을 연구하신다는 느낌이 들어요. 전쟁 이야기를 폐하로부 터 들으면, 무시무시한 전쟁이 아름다운 음악처럼 들립니다. 정치 문제도 폐하의 손에 닿으면, 절대 풀 수 없을 것만 같던 고 디아의 매듭 같던 난제 중의 난제도 양말대님 풀 듯 쉽게 풀어 집니다. 그렇기 때문에 폐하가 입을 열면 자유분방하던 바람결 도 잔잔해지며, 무언의 경탄 속에 사람들은 감미로운 그의 말씀 에 귀를 기울이죠. 이토록 제반 이론에 정통한 것은 일상생활의 체험과 실천에서 배운 탓이지만, 폐하께서 어떻게 이 모든 것을 습득하셨는지 신기한 일이 아닐 수 없습니다. 그 전에는 부질없 는 놀이에 빠져 있었고, 친구들은 온통 무식하고 경박한 건달들 이었는데, 부어라 마셔라 헛소동에, 어리석은 소란만 피우는 나날이 흘렀고, 학문에 전념하는 모습은 누구 한 사람 본 적이 없으며, 대중들이 모이는 곳을 떠나 홀로 조용히 지나는 일이 없었기 때문이죠.

일 리 딸기는 쐐기풀 밑에서 숨어 자라듯이, 잘 익은 열매는 질 낮은 과실 옆에서 성장할 때 더욱더 잘 성숙할 수 있습니다. 그와 마찬가지로, 폐하도 젊은 때에는 방탕의 베일 속에 숨어서 인생에 대한 깊은 통찰력을 쌓고 있었을 것입니다. 그것은 마치 여름철의 풀처럼 밤에는 급성장하고, 사람들 눈에 띄지 않으면서도 힘을 키워나간 것과 같습니다.

캔터베리 그랬을 것입니다. 지금은 기적이 없어요. 일이 성취되려면 그만한 원인이 있어야 한다는 것을 인정해야 합니다.

일 리 그건 그렇다 합시다. 대주교님, 평민 의원들이 제출한 법안에 관해서 말씀드립니다만, 수정의 가능성은 있습니까? 폐하께서는 찬성이십니까 반대이십니까, 어느 편이신가요?

캔터베리 어느 편도 아니신 모양이요. 하지만 우리들 적수들인 제안자들보다는 우리들 편에 가담하시려는 심정 같아요. 왜냐하면 우리들 종교회의의 결정에 따라, 폐하께 제안한 적이 있어요. 즉 임박한 현실적인 문제에 대해서 내가 폐하께 자세히 설명을 했어요. 즉 프랑스 토벌 문제에 관해, 지금까지 종교회의가 역대 선왕들에게 헌납한 어떤 액수보다도 더 엄청난 거액의 돈을 폐하께 기증하겠다고 제의했어요.

일 리 그 제안을 폐하는 어떻게 받아들였습니까?

캔터베리 기분 좋게 받아들였습니다. 다만 충분한 시간이 없었기 때문에, 폐하가 듣고 싶었던 공작령에 대한 폐하의 명백하고도 정당한 권리, 증조부이신 에드워드 3세로부터 계승된 프랑스 왕권에 대한 제반 권리에 대해서 자세한 설명을 할 수 없었지요.

일 리 그렇다면 방해를 받았습니까?

캔터베리 바로 그 순간, 프랑스 왕의 사신이 알현을 요청했어요. 지금 이 시간, 폐하는 그의 말을 듣고 계십니다. 벌써 네 시가 되었지요?

일 리 그렇습니다.

캔터베리 그러면, 안으로 들어가서, 사신의 용무를 알아봅시다. 물론 나는 그 프랑스 사신이 한마디도 하기 전에 말의 내용을 쉽게 짐작할 수 있습니다.

일 리 따라나서겠습니다. 저도 간절하게 듣고 싶습니다. (두 사람 퇴장)

제2장 왕궁, 알현실

왕 헨리, 글로스터 공작, 베드퍼드 공작, 엑서터 공작, 워릭 백작, 웨스트모어랜드 백작, 종자들 등장.

왕 캔터베리 대주교는 어디 계신가?

엑서터 지금 이곳에는 안 계십니다.

왕 숙부님, 불러오세요.

웨스트모어랜드　프랑스의 사신도 부를까요?

왕　아니다. 나중에 하자. 그의 말을 듣기 전에, 나와 프랑스 왕에 관해 깊이 생각한 다음 결심해야 되는 중요 사항이 있다.

　　　캔터베리 대주교와 일리 주교 등장.

캔터베리　신과 천사들이 신성한 옥좌를 보호하사, 폐하로 하여금 오래 그 자리에 머물도록 해주옵소서!

왕　고맙소. 조속히 박식한 대주교에게 알고 싶은 것은 공정하고 종교적인 견지에서 보아, 프랑스에서 통용되는 소위 살리크 법령이 나의 주장을 저해하는 것인지에 대해서입니다. 친애하는 대주교, 특히 부탁하고 싶은 것은, 결코 법조문의 해석을 멋대로 왜곡하지 말라는 것입니다. 또한 내심 사실을 알고서도 어리석게도 허위에 입각한 주장을 내세워, 부정한 권리를 날조해서 강변(强辯)하지 말라는 것입니다. 왜냐하면 신은 알고 계시지만, 대주교의 권고에 의해 우리들의 진퇴는 결정되고, 그 때문에 지금 건강하게 살고 있는 수많은 사람들이 피를 흘리게 되기 때문입니다. 그러니 신중하게 답변해주시오. 이 몸을 생사의 위험에 드러내놓는 일도, 잠드는 무기를 깨우게 하는 것도, 귀하의 말에 의해 결정납니다. 신의 이름으로 명하오. 신중하게 답변하시오. 이토록 양 대국이 싸우면, 유혈극이 벌어질 것은 뻔한 노릇입니다. 그러나 죄 없는 피 한 방울, 한 방울은 부당한 주장으로 칼날을 세워, 짧은 인생을 마감케 하는 사람에 대한 한이

되고 원성이 되기 때문입니다. 이 엄숙한 간청을 마음에 삭여서 답변을 해주시오. 당신의 말씀은 세례로 원죄가 깨끗해진 것처럼 당신의 양심에 의해 깨끗하게 씻어진 것이라 생각해서, 내가 귀로 듣고, 가슴에 삭여서, 마음속에 믿고 간직하리다.

캔터베리　그렇다면 폐하, 그리고 위대한 옥좌에 자신의 목숨과 충성을 바치는 귀족 여러분, 잠시 귀를 빌려주십시오. 프랑스 왕권에 대한 폐하의 요구를 거부하는 한 가지 장벽은, 파라몽 왕이 전하는 다음의 한 줄 조문입니다. "살리크 나라에서는 여자의 상속을 금한다." 프랑스인들은 부당하게도 살리크 나라를 프랑스령이라 해석했으며, 파라몽 왕은 여자의 왕위 계승을 금한 이 법의 제정자가 되었습니다. 하지만 이 법을 기록한 사람들은 살리크라는 나라가 독일의 자르강과 엘베강 사이에 있다고 주장하고 있습니다. 그 지방에서는 샤를마뉴 대왕이 색슨족을 정복하고, 약간의 프랑스인을 남겨 정착케 했습니다. 그들은 독일 여자들의 부정한 행실을 경멸한 나머지 이 법령을 만들었습니다. 즉 "살리크 나라에서는 여자의 상속을 금한다"였습니다. 이 살리크 나라는 앞서 말한 대로, 독일령, 엘베강과 자르강 사이에 있으며, 오늘날에는 마이젠이라고 부르고 있습니다. 말하자면 이 살리크 법은 프랑스 왕국을 위해서 제정된 것이 아닙니다. 그리고 프랑스인들이 살리크 나라를 점령한 것은 이 법의 제정자인 파라몽 왕이 죽은 후 421년이 지난 후였습니다. 왕이 사망한 것은 기원 426년이었고, 샤를마뉴 대왕이 색슨족을 정복하고 프랑스인을 자르 지방 건너에 정착시킨 것은 805년입니다. 그리고 이 나라 역사학자들이 기록한 바에 의하면, 실더리크를 폐위시킨 페펭 왕은 클로데르 왕의 딸인 블리딜드의 후손이라 해서 프랑스 왕관의 상속권을 요구했다고 합니다. 샤를마뉴 직계로 유일한 남성 계승자인 로렌 공작 샤를의 왕관을 빼앗은 위그 카페도, 자신의 주장을 정당화하기 위해서 — 실은 날조된 것입니다만 — 자신은 대머리 샤르망 왕의 딸 랑가르의 상속자라고 주장하고 있습니다. 샤르망 왕은 샤를마뉴 대왕의 아들 루이 왕의 아들입니다. 또한 왕위 찬탈자인 카페의 유일한 상속자인 루이 9세는 프랑스 왕관을 차지하고 내심 불안했습니다. 그러나 자신의 조모가 아름다운 왕비 이사벨이 앞서 거명된 로렌 공작 샤를의 딸 에르망가르의 직계인 것을 알고, 처음으로 안심했습니다. 그 결혼으로 샤를마뉴 대왕의 피가 프랑스 왕관과 다시 맺어진 것을 알게 된 것이지요. 이상 설명드린 것으로 여름 태양처럼 명백해진 것은 왕 페펭의 주장도, 위그 카페의 요구도, 루이 9세의 확신도, 모두가 여자의 상속 권리와 칭호를 시인하고 있다는 것입니다. 그리고 오늘날에 이르기까지 계속 대(代)를 잇는 프랑스 왕들도 이 사실을 인정하고 있습니다. 그럼에도 불구하고 그들이 살리카 법을 내세워 여자 상속에 의한 폐하의 왕위 계승권 요구를 거부하는 것은, 그들이 폐하와 폐하의 조상들로부터 약탈하고 있는 부정한 권리를 정면에서 당당하게 주장하지는 못하고, 가소로운 구실을 내세워서 얼버무리려고 하는 수작입니다.

왕　　그렇다면 나의 요구는 양심에 비추어 부끄럽지 않구나.

캔터베리　폐하, 그렇지 않다면, 그 죄는 제가 뒤집어쓰겠습니다! 성경에
　　　　도 "사람이 죽어, 남자가 없으면, 딸이 상속하라"고 적혀 있습
　　　　니다. 폐하, 자신의 권리를 주장하시고, 피 어린 깃발을 바람에
　　　　날리고, 위대한 조상들을 회상해보십시오. 권리 주장의 원천인
　　　　증조부 에드워드 3세 폐하의 묘소를 참배하고, 그분의 영령과
　　　　조부님이신 에드워드 흑태자의 영령에게 기도하옵소서. 흑태자
　　　　는 프랑스 땅에서 프랑스 대군을 무찌르는 비극을 연출했습니
　　　　다. 그때 무운이 충천하는 부왕 에드워드 3세는 언덕 위에 서서
　　　　아들 사자가 프랑스 귀족의 피를 소탕하는 모습을 웃는 얼굴로
　　　　보고 계셨습니다. 아아, 영국군은 참으로 용맹스러웠습니다. 반
　　　　도 안 되는 병력으로 오만한 프랑스 전군의 병력과 맞서고, 나
　　　　머지 반수의 병력은 할 일 없이 수수방관하고 있었습니다!

일 리　용맹하신 선열들을 회상하시면서, 동시에 그 무공을 폐하의 억
　　　　센 팔로 이 세상에 재현할 수 있으시도록! 폐하는 그의 후계자
　　　　이시며, 같은 옥좌에 앉아 계십니다. 선조들의 용명(勇名)을 드
　　　　높인 피와 용기는 폐하의 혈관을 흐르고 있습니다. 용맹무쌍하
　　　　신 폐하께서는 지금 바야흐로 인생의 춘삼월, 젊음이 넘치는 아
　　　　침을 맞이했습니다. 웅대한 계획을 실천에 옮기는 기회가 무르
　　　　익었습니다.

엑서터　전 세계의 국왕, 제왕들은 한마음으로 폐하가 피를 이어받은 조

상들처럼 사자들처럼 궐기하는 것을 기대하고 있습니다.

웨스트모어랜드 폐하에게는 그만한 명분도, 자력도, 무력도 충분히 겸비하고 있다고 그들은 믿고 있으며, 사실 갖추고도 있습니다. 폐하만큼 부유한 귀족, 충성스러운 국민들에게 둘러싸인 영국 왕은 달리 그 예가 없습니다. 그들의 육체는 여기 영국에 있지만, 마음은 이미 아득히 멀리 프랑스의 전쟁터로 가고 있습니다.

캔터베리 아, 폐하, 그들의 육체가 피와 칼과 불로써 폐하의 권리를 확보하도록 따라가게 해주십시오. 이 일을 지원하기 위해서, 우리들 교회 신도들은 폐하를 위해서 거액의 자금을 헌납하겠습니다. 성직자들이 지금까지 그 어느 조상들에게도 헌납한 일이 없는 막대한 액수의 돈을 모아서 바치겠습니다.

왕 우리들은 프랑스를 침공하기 위해 무장을 할 뿐만 아니라, 스코틀랜드 방면의 방어를 위해서도 병력을 할애하지 않으면 안 된다. 그들은 기회가 왔다고 기뻐하며 우리들 배후로부터 침입할 것이다.

캔터베리 폐하, 그런 절도 같은 침입자에 대해서는, 이미 배치된 국경 수비대만으로도 격퇴할 수 있는 충분한 방어벽이 될 것입니다.

왕 내가 말하고 싶은 것은 약탈을 목적으로 하는 비적(匪賊)들이 아니다. 스코틀랜드가 총력을 기울여 습격해 오는 것을 두려워하는 것이다. 그들은 언제나 조심해야 되는 이웃이었다. 역사를 읽으면 알지만, 우리 증조부가 군대를 끌고 프랑스로 원정 갔을 때에 스코틀랜드는 우리나라의 허술한 방어를 틈타, 제방의 틈

새에 밀려드는 격류처럼 넘치는 대군으로서 병사 그림자 한 사람 없는 수확을 마친 들판 같은 이 나라 국토를 짓이기고, 치열한 공격으로 성을 포위해서, 도시를 습격했다. 방어력이 없었던 영국은 그때마다 악착같은 이웃의 횡포에 치를 떨고 있었다.

캔터베리   영국은 공포에 떨기는 했어도 피해는 전혀 입지 않았습니다. 우리나라가 그런 전례를 남겼으니 들어보십시오. 용사들을 프랑스로 보낸 다음 울면서 슬퍼하는 과부처럼 된 영국은, 그래도 조국을 끝까지 수호했을 뿐만 아니라, 스코틀랜드 왕을 길 잃은 짐승처럼 체포해서 울 속에 집어넣어 프랑스로 호송했습니다. 포로가 된 왕 때문에 에드워드 왕의 명성은 높아지고, 이 나라 역사는 바닷속 진흙 뻘이 난파선의 숱한 재화로 가득 차듯이, 칭찬의 말로 장식되었습니다.

웨스트모어랜드   옛 격언에는 핵심을 찌르는 것이 있습니다. "프랑스를 손에 넣으려면, 스코틀랜드를 먼저 쳐라." 독수리 영국이 먹이를 찾아 나서면, 빈 보금자리에 족제비 같은 스코틀랜드가 몰래 기어들어 와서 소중한 알을 빼 먹고, 고양이 없는 쥐새끼처럼, 먹고, 씹고, 찢고, 흐트러놓습니다.

엑서터   고양이는 집에만 있어야 한다는 얘긴데, 그건 억지 결론이 아니겠습니까. 왜냐하면, 귀중품을 지키려면 튼튼한 자물쇠가 있고, 좀도둑을 잡는 데는 교묘한 덫이 있기 때문입니다. 무기를 든 자가 해외에서 전투에 참가하고 있는 동안, 사려 깊은 사람들은 본국에서 자위책을 강구하면 됩니다. 국가는 상 · 중 · 하의 계급으로 분할되어 있지만, 그것은 이른바 음악처럼 하나의 화음을 이루어 자연스러운 조화의 소리를 내는 것입니다. 그것이 정치입니다.

캔터베리 그래서 하늘은 인간이라는 소왕국을 여러 가지 기능에 따라 분할해서, 각 부분이 끊임없이 노력하도록 만들고, 활동을 시킵니다. 각 부분의 노력의 목표, 활동의 목적은 복종에 있습니다. 꿀벌도 마찬가지입니다. 그들은 자연의 법칙에 입각해서 질서 있는 행동이 무엇인가를 인간세계에 알려주고 있습니다. 그들에게는 한 사람의 왕이 있고, 여러 종류의 관리가 있습니다. 어떤 사람은 행정관으로서 본국에 머물면서 행정 일을 보고, 또 다른 사람은 상인이 되어 외국에 나가 무역에 종사하고, 또 다른 사람은 군인이 되어 가시로 무장해서, 여름철 우단 같은 꽃봉오리를 습격하고, 전리품으로 살판나는 행진곡을 연주하면서, 왕이 본진(本陣)으로 개선합니다. 왕은 왕으로서의 직무에 바쁩니다. 콧노래 부르면서 황금 지붕을 이어가는 석수들, 얌전하게 꿀을 버무리는 시민들, 좁은 문으로 무거운 짐을 싣고 밀려드는 가난한 노동자들, 하품 짓는 게으른 놈을 언짢은 기침을 뱉으면서 창백한 옥리(獄吏)에게 인도하는 슬픈 눈의 판사들, 이 모든 사람들을 감독하고 있습니다. 제가 하고 싶은 말은 이것입니다. 수많은 것이 사방팔방으로 움직여도, 한 가지 목적으로 결속되어 있으면 좋다는 것입니다. 수많은 화살이 서로 다른 위치에서 발사되어도, 하나의 표적에 모이기만 한다면, 수

많은 길이 사방팔방으로 접근해서 하나의 마을에서 만나기만
한다면, 수많은 강물이 흘러서 결국은 큰 바다에서 만나기만 한
다면, 수많은 선이 쭉 뻗어 해시계의 중심에서 만나기만 한다
면, 수백수천의 행동도 제각기 동시에 개시되면서, 아무런 지
장 없이 잘 진행되어 마침내 하나의 목표에 도달되기만 한다면,
그러면 좋습니다. 폐하, 그러니 프랑스로 출진해야 합니다. 이
행복한 영국을 사등분해서, 그 사분의 일을 끌고 진격하십시
오. 그것으로도 프랑스 온 땅을 뒤흔들어놓기에는 충분합니다.
만일에 우리들이 나머지 사분의 삼의 병력으로서도, 영국의 문
지방을 저 들개로부터 지키지 못한다면, 우리들은 기쁜 마음으
로 저들의 이빨에 찢기어, 국민 모두가 무용(武勇)과 경륜의 명
성을 잃어도 할 말이 없습니다.

왕　프랑스 태자의 사신을 불러들여라. (몇 사람의 종자들 퇴장) 이제야
나의 의심은 풀어졌다. 앞으로는 신의 가호와, 우리 왕국의 힘찬
기둥인 제 경들의 도움으로, 우리들의 영토인 프랑스를 굴복시
키든가, 아니면 콩가루로 분쇄하든가, 둘 중에 하나만 남았다.
프랑스와 프랑스에 귀속되는 왕국만 한 공작령에 대해서 절대
적인 통치권으로서 군림할 수 없으면, 차라리 이 몸의 뼈를 하찮
은 단지에 넣어 묘지에 봉안하지 않고 묘비명 없이 내던져버리
는 편이 낫겠다. 우리의 역사가 우렁찬 목소리로 나의 무훈을 자
랑하지 못한다면, 나의 묘석(墓石)은 혀가 뽑힌 터키인 노예처럼,
아무 말도 못 한 채, 숭배하는 자 없이 방치되어야 마땅하다.

프랑스의 사신들 등장.

자아, 프랑스 태자의 의견을 들어보자. 듣자하니 이번 사절은 국왕이 보낸 것이 아니라, 태자로부터 파견된 사절이라는데.

사 신　폐하, 황송하오나, 저희가 맡은 전갈의 말씀을 숨김없이 아뢰올까 합니다. 아니면, 저희 태자의 뜻을 저희들이 완곡하게 전하면서 저희 사명을 다하는 것이 좋겠습니까?

왕　나는 폭군이 아니오. 한 사람의 기독교도로서의 국왕이오. 국왕이 지녀야 하는 덕목에 나의 감정은 신하처럼 얽매어져 있소. 죄수들이 감옥에 묶여 있는 것과 같소. 그러니 태자의 의견을 솔직하게 있는 그대로 전하시오.

사 신　그러시다면 간단히 말씀드리겠습니다. 폐하께선 지난번에 사신을 보내시어, 증조부 에드워드 3세의 권리를 내세우면서 약간의 공작령을 요구하셨습니다. 그 일에 대해, 저희 태자의 답변을 말씀드리겠습니다. 폐하의 생각은 너무나 유치하고 미숙하기에 충고를 받아야 마땅하다는 것입니다. 우리 프랑스 땅에는 허튼 춤 추어서 얻을 수 있는 땅은 한 치도 없다는 것을 깊이 깨달아달라는 요지입니다. 그래서 태자의 기질에 맞는다고, 이 보물 상자를 주었습니다. 앞으로는 절대로 폐하의 공작령 요구를 듣지 않겠다는 뜻입니다.

왕　숙부, 보물은 무엇이오?

엑서터　테니스 공입니다.

왕	태자가 나에 대해서 던진 농담은 재미있었습니다. 이 선물과 사신들의 노고에 감사합니다. 언제고 이 공에 어울리는 라켓이 준비되는 대로, 프랑스의 코트에서 한 게임해서, 그의 부왕 왕관을 궁지에 몰아 때려 눕히겠습니다. 태자에게는 악수(惡手)를 만났다고 전해주시오. 나의 라켓은 강렬한 공을 쳐서, 프랑스의 코트를 구멍투성이로 만들어 누더기로 만들겠습니다. 그렇게 전하시오. 태자가 나의 방랑시대의 일들을 조롱하는 기분은 알겠소. 그러나 내가 왜 그런 세월을 보냈는지에 대해서 그는 모르고 있어요. 나는 이 소박한 영국의 옥좌를 중요시하지 않았습니다. 그러기 때문에 나는 이 왕좌를 떠나, 밖으로 나가 거칠고 방탕한 생활에 빠져 있었습니다. 집을 나와, 마음껏 놀고 있을 때가 아주 즐거웠던 일은 인간이면 누구나 마찬가지일 것입니다. 태자에게 꼭 전해주시오. 내가 프랑스 국왕에 취임할 때는 위용을 갖추어, 이 나라, 이 배는 돛마다 바람을 품고 당당하게 출범할 것입니다. 실은 그 일 때문에 나는 한때 권위를 내동댕이치고, 매일 노동으로 살아가는 품팔이 노동자의 고생을 했습니다. 하지만 프랑스 왕좌에 오를 때에는, 태양 같은 영광에 휩싸여 그 때문에 프랑스인들은 눈이 부시어 앞을 못 보고, 태자의 눈도 흐려져 나를 우러러볼 수 없게 될 것입니다. 농담을 즐기는 태자에게 전하시오, 그의 조롱은 테니스 공을 포탄으로 바꾸어놓았다고 말입니다. 포탄과 더불어 날아가는 파괴적인 복수심 때문에 그의 영혼은 통한의 아픔을 맛보게 될 것이라고 전

하시오. 그의 조롱은 수천의 아내를 조롱해서 그녀들로부터 사랑하는 남편을 빼앗고, 어머니를 조롱해서 아들을 빼앗을 것이며, 성곽을 조롱해서 무너뜨릴 것입니다. 아직도 태어나지 않는 아기들까지도 태자의 조롱을 저주하게 될 것입니다. 하지만 모든 것은 하느님 마음속에 있으니, 나는 신에게도 호소합니다. 태자에게도 전하시오. 신의 이름으로 나는 군대를 프랑스로 보냅니다. 그리고 온 힘을 다해서 복수를 감행한 후에, 신이 인정한 정당한 권리를 수중에 넣을 것입니다. 자아, 얌전히 돌아가서 태자에게 전하시오. 그의 농담은 그의 얄팍한 지혜를 보여주었을 뿐이었다고 말이오. 그 농담으로 웃는 자보다는 오히려 수천 명의 사람들이 더 울게 될 것입니다. 이 사신들을 안전하게 보내주어라. 잘 가시오. (사신들 퇴장)

엑서터　재미있는 사절입니다.

왕　어느 때고 이 일을 부끄러워하면서 얼굴 붉힐 날이 올 것이다. 제경들이여, 앞으로는 시간을 낭비 말고 원정 준비에 힘을 써주게. 지금 내 머릿속에는 프랑스밖에 없다. 물론 이 대업을 인도하는 신의 은혜를 모를 리 있겠는가. 즉시, 프랑스 원정을 위한 장병을 소집하라. 또한 우리 장병들의 날개를 더욱더 강화시키는 것이 있으면, 생각나는 대로 시급히 준비하도록 하라. 신의 가호로, 우리들은 저 태자를 부왕의 면전에서 질타하게 될 것이다. 정의로운 이 전쟁이 추진될 수 있도록, 우리들 마음에 도전의 불을 피우자. (일동 퇴장. 나팔 소리)

제2막

코러스 등장.

코러스 이제 영국의 젊은이들은 불꽃처럼 타오르고, 나들이용 비단옷을 장 속에 묻어놨다. 지금 번창하는 것은 갑옷 제조업자들, 사람들 가슴속에는 명예만이 뭉클하다. 너 나 할 것 없이 논밭 팔고 군마 사네, 영국의 머큐리처럼 날개 달린 말굽으로, 기독교도 국왕들을 거울삼아 따르려고. 지금 이들 머리 위로 찬연히 희망은 빛나고, 해리 왕과 그의 충신들에게 약속한 눈부신 제왕의 왕관과 귀족들의 보관(寶冠)에 가리어 칼집 속에서 칼끝은 보이지도 않는다. 한편 프랑스는 펼쳐놓은 정보망에 힘입어, 무서운 전쟁 준비 소식을 접하고, 공포에 떨면서 비열한 방책을 강구하여, 영국의 계획을 좌절시키려고 했다. 오, 영국이여! 작은 육체 속에 위대한 정신을 간직하고 있는 나라여! 그대의 자손들 모두가 조국을 사랑하고 위한다면, 너는 명예를 위해 얼마나 큰일을 할 수 있겠는가! 그러나, 보아라. 프랑스 왕은 그대의 약점인 배반자의 무리를 발견하고, 그들의 공허한 가슴속에 부정한 금화를 가득 채워 주었다. 썩어빠진 놈들 삼적(三賊)은, 첫 번째가 케임브리지 백작 리처드요, 두 번째가 마섬 경 헨리 스크루프, 그리고 세 번째가 노섬벌랜드의 기사 토머스 그레이 공이 된다. 프랑스 금화를 먹고 죄를 지었다! 공포에 질린 프랑스 왕에게 배반의 약속을 했다. 이들 죄 많은 역도들이 약속을 실행에 옮겼으면, 사우샘프턴에서 왕이 프랑스 원정의 첫발을 내딛기도 전에 헨리 왕은 살해당했을 것이다. 여러분, 잠시만 기다리세요. 줄거리를 뛰어넘고 연극을 보여드리겠습니다. 매수의 돈은 지불되었습니다. 배반자들은 실행을 약속하고, 왕은 런던을 출발합니다. 장면은 이윽고 사우샘프턴으로 바뀝니다. 여기에 극장 무대가 있습니다. 객석에 여러분이 앉아 있습니다. 그곳에서 프랑스로 여러분을 안전하게 모신 다음, 다시 영국으로 돌아가도록 하겠습니다. 도중에 건너가는 좁은 해협은 주문(呪文)을 걸어 파도를 잠재워 주겠습니다. 이 연극 때문에 멀미하는 관객이 있으면 안 되죠. 하지만 왕이 출발할 때까지는 무대는 런던입니다. 그 이후에 여러분을 모시는 곳이 사우샘프턴입니다. (퇴장)

제1장 런던, 거리

님 하사와 바돌프 중위 등장.

바돌프 여봐라, 님 하사, 잘 만났다.

님 하사 안녕하십니까, 바돌프 중위님.

바돌프 이것 봐, 기수 피스톨과는 아직도 화해하지 않았는가?

님 하사 저로서는 상관하지 않습니다. 저는 뭐라 말하지 않습니다. 때가 무르익으면, 미소를 지을 것입니다. 일 돼가는 거 봐서죠. 저는 싸움패는 아니니깐요. 그러나 여차하면 저도 칼 뽑죠. 이 칼은 별것 없지만, 어떻습니까? 치즈도 구워 먹고, 다른 사람의 칼처럼 추위도 탑니다. 제가 하고픈 말은 이것뿐입니다.

바돌프 아침 식사 살 테니 두 사람 화해하면 어떤가? 우리 셋이 사이좋게 친구 되어 프랑스로 가자. 좋겠지, 님 하사?

님 하사 나는 살고 싶을 만큼 살아갈 작정입니다. 이 일만은 확실합니다. 만일에 오래 살지 못하면, 최선을 다해 살아갈 생각입니다. 이것이 저의 마지막 도박이요, 마지막 결심입니다.

바돌프 하사, 피스톨이 넬 퀴클리와 결혼한 것은 확실하다. 확실히 그 여자는 자네한테 잘못했어. 자네가 먼저 결혼 약속했다면서.

님 하사 나는 잘 몰라요. 일은 될 대로 되는 거죠. 인간은 잠들 때가 있어요. 그런 때에도 목피리라는 게 있죠. 그리고 칼에는 날이 있다고들 하지요. 만사 되는 대로 되는 거죠. 인내란 지친 말 같은 것이지만 질질 다리를 끌면서도 가긴 가거든요. 끝장은 나고야 마는 거죠. 나는 모르겠어요.

　　피스톨과 주모 퀴클리 등장.

바돌프 기수 피스톨이 마누라 데리고 왔다. 하사, 참아주게. 여어, 주인 영감!

피스톨 뭐라고, 이놈이, 날 주인 영감이라고? 이 손에 맹세코 말하지만,

그렇게 부르지 말라. 앞으로는 넬도 하숙집을 하지 않을 거다.

퀴클리 그래요, 오랜 기간 사람을 묵게 하지 않을 거예요. 바느질감 일해서 풀칠하는 부인들을 열두 서너 명 묵게 해도 금세 매춘굴이라는 오해를 받아요. (님과 피스톨은 칼을 뽑는다) 아, 큰일 났네, 뽑았어, 어떡하나! 틀림없이 간통죄 겸 살인죄가 칼로 결판날 거다.

바돌프 여봐, 소위! 하사! 이러지들 마라.

님 하사 뒈져라!

피스톨 네놈이나 뒈져라! 아이슬란드 똥개야! 귀가 발딱 선 이 개새끼야!

퀴클리 님 하사, 용기를 내서 칼을 집어넣어요.

님 하사 저리 가자. 너와 단둘이서 결판내겠다.

피스톨 "단둘이서"라고 이 개새끼가? 에에이, 지독스러운 살모사 놈! "단둘이"라는 말은 흉측스러운 너의 쌍통에, 너의 이빨에, 목구멍에, 증오하는 허파에, 위장에, 아니 더러운 그 식도에, 그대로 반납이다! 알겠는가, 그 "단둘이"라는 말이 오장육부에 스며들도록 너에게 되돌려주마. 피스톨 님의 물건은 서 있다. 방아쇠만 당기면 불을 뿜는다.

님 하사 난 마귀가 아니다, 그런 주문(呪文)으로는 어림도 없다. 너를 늘씬하게 때려눕히고 싶다. 피스톨 이놈, 더러운 입을 놀리면 이 칼로 네 몸뚱어리를 깨끗하게 손질해주겠다. 저쪽으로 가서 승부를 한다면, 네 창자를 깨끗하게 찔러주겠다. 내 기분 알겠지.

피스톨 아, 저주할 허풍선이. 천벌받을 흉악범! 무덤 아가리가 입을 딱

벌리고 너를 기다리고 있다. 자, 각오하고 칼을 뽑아라.

바돌프 기다려, 내 말을 들어라. 먼저 칼을 대면, 칼 손잡이가 들어갈 정도로 찌르겠다. 군인의 명예를 걸고 싸우겠다. (칼을 뽑는다)

피스톨 그 위대한 맹세에 나의 분노도 진정되었다. 너의 주먹과 앞발을 잡아보자.

바돌프 너의 용기에 감복했다.

님 하사 언제고 간에 너의 목줄기를 끊어놓겠다. 내 기분 알겠지.

피스톨 아니, 내 목줄을 끊는다고? 프랑스 말로 "쿠프르 아 고르주 (Couple a gorge)!"라고 말한다. 내, 다시 도전하겠다. 크레타의 강아지야, 내 마누라를 수중에 넣겠다고? 웃기지 마라. 그보다는 네놈이 병원으로 가서 더러운 성병 환자 욕조에서 크레시다와 같은 화냥년 문둥병 환자 돌 티어시트를 끌어내어 네 마누라 삼거라. 퀴클리는 내 아내다. 세상에 하나밖에 없는 아내다. 이만하면 됐어, 됐다.

　　폴스타프의 사동 등장.

사　동 피스톨 아저씨, 마나님, 모두들 저희 어른한테로 급히 오세요. 몸이 편찮으셔서 자리에 누워 계십니다. 바돌프 아저씨는 이불 속에 얼굴 넣어서 난로가 돼주세요. 주인 어른께서 몹시 아파요.

바돌프 저리 가거라, 이 고얀 놈!

퀴클리 폴스타프 양반 얼마 안 가서 까마귀 밥이 될 겁니다. 왕이 그의 마음을 박살냈어요. 여보, 빨리 다녀오세요. (퀴클리와 사동 퇴장)

바돌프 자, 화해하자, 우리들은 함께 프랑스로 가야 한다. 서로 목덜미 찢겠다고 칼 들이밀 필요가 뭐 있나?

피스톨 홍수는 넘치는 것이 좋다. 악마는 아우성쳐야 한다.

님 하사 내가 내기해서 딴 팔 실링, 너 낼 테냐?

피스톨 내는 놈은 미친놈이다.

님 하사 지금 받아야겠다. 기분이다.

피스톨 그래, 사내답게 해결하자. 덤벼라! (두 사람 칼을 뺀다)

바돌프 이 칼에 걸고 말한다. 먼저 손댄 자는 내가 죽인다. 이 칼에 걸고 맹세한다.

피스톨 칼에 걸고 한 맹세는 꼭 지키겠지.

바돌프 님 하사, 나와 친구가 되려면, 지금 친구가 돼라. 되고 싶지 않으면, 원수가 돼라. 자아, 칼을 집어넣어.

님 하사 내 팔 실링을 달라. 내가 내기에서 딴 거다.

피스톨 육 실링이라면 지금 당장 현금으로 줄게. 술도 한잔 살게. 이러면 화해가 되었지. 나와 님은 둘도 없는 친구. 나는 님 덕분에 살고, 님은 피스톨 덕분에 산다. 그렇지? 나는 영내에서 주보 상인이 되어 돈 좀 벌어야겠다. 자, 악수.

님 하사 육 실링 지금 줄래?

피스톨 그럼, 당장 현금이지.

님 하사 그렇다면 받자는 것이 내 기분이다.

　　　퀴클리 다시 등장.

퀴클리　여러분들이 어머니 품에서 태어난 아이라면, 급히 존 경한테 가
　　　　보세요. 불쌍하게도! 일발열(日發熱)인지, 삼일열(三日熱)인지 불
　　　　덩이 같은 열에 시달리고 있어요. 불쌍해요! 어서들 가보세요.

님 하사　왕이 그분한테 기분 나쁘게 해서 그래. 그 일 때문이야.

피스톨　그렇다. 님. 정말이지 그렇다. 폴스타프의 심장은 찢어질 대로
　　　　찢어져서 더 이상 심장이라 할 수 없어.

님 하사　왕은 훌륭하셔. 훌륭한 왕이 될 수밖에 없어. 왕도 때로는 기분
　　　　때문에 변덕스럽게 달릴 수 있어.

피스톨　자, 모두들, 우리 기사님, 폴스타프를 애도하러 가자. 우리들은
　　　　살 날이 아직 까마득해. (일동 퇴장)

제2장 사우샘프턴, 회의실

　　　엑서터, 베드퍼드, 웨스트모어랜드 등장.

베드퍼드　그 역적 놈들을 신임하시다니, 폐하도 대담하십니다.

엑서터　가까운 장래에 일망타진될 것입니다.

웨스트모어랜드　그들의 태연한 태도는 놀랍습니다! 마치 신의가 그들의
　　　　가슴에 자리 잡고, 충성이 왕관을 쓰고 있는 듯했습니다.

베드퍼드　폐하는 이미 그들의 의도를 충분히 파악하고 계셨습니다. 그
　　　　들이 예상치 않았던 밀고자 때문이죠.

엑서터 폐하와 침식을 함께한 스크루프가 넘치는 은혜를 받으면서도, 외국의 돈에 눈이 멀어, 폐하의 생명을 없앨 흉계를 꾸미다니!

나팔 소리. 헨리 왕, 스크루프, 케임브리지, 그레이, 종자들 등장.

왕 바람도 잔잔하니 승선합시다. 케임브리지 공, 그리고 마셤 공, 그리고 그레이 공, 의견을 말해보시오. 지금 내가 인솔하고 있는 병력이면 프랑스의 견고한 방어벽을 능히 돌파해서, 이 병력을 소집했을 때 생각했던 소기의 목적을 달성할 수 있을 것인가?

스크루프 염려 놓으십시오. 폐하, 각자가 최선을 다하고 있습니다.

왕 그 점에 대해서는 걱정하지 않는다. 그 이유인즉, 나를 수행하는 충신들 중에는 나와 한마음, 한 몸이 되지 않은 사람이 한 사람도 없기 때문이다. 뒤에 남겨두고 가는 사람들 가운데서도, 우리 군대의 승리와 정복을 기원하지 않는 사람이 한 사람도 없기 때문이다.

케임브리지 폐하만큼 두려움과 사랑을 받는 국왕은 지금까지 없었습니다. 지금 우리는 폐하의 따뜻한 선정 덕으로, 마음에 슬픔을 지니거나 불안을 품은 국민이 한 사람도 없습니다.

그레이 그렇습니다. 부왕의 적수들까지도 괴로운 한을 달콤한 사랑의 마음으로 바꾸어, 성심성의 폐하에 대한 충성을 맹세하고 있습니다.

왕 그 때문에 나는 크게 감사하고 있다. 각자 움직이는 일의 가치와 그 중요성에 따라, 그에 합당한 포상을 잊을 정도라면, 차라리 이 손의 움직임을 잊는 편이 낫겠다.

스크루프 그렇기 때문에, 저희들은 몸을 강철처럼 단련해서 희망과 성공을 길이며 폐하께 봉사하려 합니다.

왕 그렇게 알고 있소. 엑서터 숙부님, 어제 나를 비난해서 투옥된 자를 석방해주시오. 술이 좀 과해서 그런 모양이니 반성한 다음에는 용서해주어야지요.

스크루프 그것은 관대하신 조치입니다만, 지나친 방심이 아닐까요? 벌을 주어야 합니다. 폐하, 용서해주면 그것이 선례가 되어 똑같은 범죄가 발생합니다.

왕 그래도 자비를 베풉시다!

케임브리지 자비와 더불어 벌을 주는 것도 중요합니다.

그레이 폐하, 징벌의 맛을 담뿍 맛보게 한 다음, 목숨을 살려줍시다. 그것도 대단한 자비를 베푸는 것입니다.

왕 아아, 제경들이 나에게 바치는 푸짐한 마음과 사랑이 이 가련한 죄인에 대한 징벌의 호소가 되다니! 술자리서의 사소한 잘못도 안 된다면, 계획을 세우고, 앞날을 예상하고 저지른 대역죄가 나타났을 때에는 어떤 눈으로 봐야 할 것인가? 여하튼 그 사람은 방면하자. 비록 케임브리지, 스크루프, 그레이 등 제경들이 내 신변의 안전을 위하여, 충성스러운 마음으로 그 사람의 처벌을 원한다 할지라도 말이다. 프랑스의 문제로 돌아가자. 전날 나의 부재 중에 책임자로 임명된 자가 누구인가?

케임브리지 폐하, 제가 그중의 한 사람입니다. 그 임명장을 오늘 받도록 하라는 분부였습니다.

스크루프 저에게도 같은 지시였습니다.

그레이 저에게도 분부하셨습니다, 폐하.

왕 그렇다면, 케임브리지 백작 리처드, 이것이 귀하의 것이오. 마섬 경 스크루프, 이것이 귀하의 것이오. 그리고, 노섬벌랜드의 훈작사 그레이, 이것이 귀하의 것이오. 그것을 읽으면 알 것이다. 나는 제 경들의 진가를 잘 알고 있다. 웨스트모어랜드 공, 엑서터 숙부님, 오늘 밤은 배를 타야 한다. 그런데, 제 경들 어찌 된 일인가? 임명장에 무엇이라 쓰여 있는가? 그토록 갑자기 실성한 표정이니? 무슨 변화인가! 얼굴빛이 백지처럼 되었구나. 무엇을 읽었는가? 그토록 얼굴이 핏기를 잃고 있으니, 무슨 일인가?

케임브리지 삼가 저희 죄를 고백하고, 이 몸을 폐하의 자비에 맡기겠나이다.

그레이 저도 폐하의 자비심에 기대겠습니다.

스크루프 저도 그렇게 하겠습니다.

왕 그 자비심은 얼마 전까지 내 마음속에서 숨 쉬고 있었지만, 너희들의 충고를 듣고, 숨통이 끊어졌다. 너희들도 수치심이 있으면, 자비심을 입 밖에 내지 마라. 너희들 입으로 말한 그 이유들이 주인에게 덤벼드는 개마냥, 너희들을 괴롭히고 있을 것이다. 내 피붙이가 되는 공작들이여, 귀족들이여, 잘 보아라, 이것이 영국의 괴물이다! 여기 있는 케임브리지는 제 경들도 알다시피 내가 마음속으로 아꼈던 인물이다. 그래서 그에게 도움이 되는 명예가 있으면, 무엇이나 기쁜 마음으로 아낌없이 그에게 주었다. 그러나 이 사람은 몇 푼 안 되는 돈 때문에 경솔하게도 배신의 길로 달렸다. 프랑스 왕의 음모에 가담해서, 이곳 사우샘프턴에서 나를 살해하려고 했다. 이 음모에는, 이 훈작사 케임브리지 못지않게 나의 은혜를 입고 있었던 그레이도 똑같이 가담했다. 아아, 하지만 그대에게는 무엇이라 말해야 하는가, 스크루프? 너같이 잔인하고 배은망덕한 피도 눈물도 없는 비정한 인간! 그대는 내 가슴속에 간직한 비밀의 열쇠를 갖고 있었다. 내 마음속 구석구석을 알고 있었다. 너는 나를 이용하면, 내 몸을 금으로 바꿀 수 있는 권력을 손에 넣을 수 있었을 것이다. 그런 네가 적국에 매수당해 나의 손가락 하나라도 해치려는 흑심을 일순간이라도 가슴속에 불꽃처럼 일으킬 수 있는가? 이 일은 흑백으로 떠오를 만큼 너무도 뚜렷한 사실인데도, 내 눈이 차마 그것을 믿을 수 없음이 너무도 이상하다. 반역과 암살은 언제나 한통속이다. 서로 악의 목적을 위해 협력하는 두 마리의 악마이다. 만약에 그 두 마리 악마가 한 악마 속에 나타나도 놀랄 일이 아니다. 하지만 너는 너무나 인륜에 어긋나기 때문에 너의 반역과 암살의 흉계에 놀라지 않을 수 없다. 너를 선동해서 자연에 역행하는 행위를 감행케 한 교활한 악마는 지옥에 있어서도 특히 우수하다는 평판을 얻을 것이다. 다른 악마들은 인간을 배신해서 유인할 때는, 타락한 지옥의 죄악을 음폐하기 위해서 천국을 연상케 하는 장식물을 번쩍이는 빛과 형상으로 꾸미며 그럴듯한 구실을 만든다. 그러나 너에게 주문을 걸어 유인한 악마는 반역의 이유 한 가지 주지 않고, 오로지 반역자라는 이름만을 주고 무작정 너에게 명령을 한 모양이다. 만약에 너를 유혹한 악마가 사자 걸음으로 세계를 한 바퀴 돈다면, 광대한 지옥에 돌아가서 악마의 무리들에게 단언할 것이다. "저 영국인만큼이나 쉽게 영혼을 탈취할 수 있는 것은 없다." 아아, 너는 신뢰의 아름다움을 질투의 독으로 오염시켰다! 이 세상에 충신이 있었다면, 바로 네가 충신이었다. 근엄한 학자로 보이는 사람이 있었다면, 바로 네가 그 사람이었다. 고귀한 집안의 출신이었다면, 바로 네가 그 사람이었다. 신앙 깊은 사람이 있었다면, 바로 네가 그 사람이었다. 폭음 폭식을 삼가고, 희로애락의 격정에 흐르지 않으며, 언제나 냉정한 마음씨를 갖고, 혈기로 길을 어긋나지 않으며, 온후 중용(中庸)의 태도를 지니고, 행동할 때는, 눈만이 아니고 귀도 작동시키며, 눈과 귀가 파악한 것을 맑은 판단력으로 비추어보고 확신하는 사람이 있었다면, 너야말로 그렇게 선택된 인물이었다. 따라서 너의 이 같은 타락은, 아무리 원만한 인격도, 아무리 최고의 재능을 타고난 인간도, 조금은 의심해야 된다는 일종의 오점을 남겼다. 나는 너를 위해 눈물을 흘리겠다. 나는 너의 반역이 아담 이후의 두 번째 인간의 타락이라 생각한다. 이들의 죄악은 명백하다. 체포하

라. 그리고 국법에 의해 처단하라. 신이여, 이들의 죄를 사하여 주십시오!

엑서터 케임브리지 백작, 리처드, 대역죄로 체포한다. 마섬 공 헨리 스크루프, 대역죄로 체포한다. 노섬벌랜드의 훈작사 토머스 그레이, 대역죄로 체포한다.

스크루프 신은 우리들의 음모를 폭로했습니다. 나는 나의 죄를 죽음 이상으로 더 후회합니다. 나의 죄는 나의 몸으로 대가를 치릅니다만, 폐하여, 나의 죄를 용서하소서.

케임브리지 저는 프랑스 왕의 금화에 유혹된 것이 아니라, 이것을 하나의 계기로 삼고 이전부터 세운 계획을 조급하게 실행했을 뿐입니다. 하지만 지금은 하느님께 이 일이 저지된 것을 감사하고 있습니다. 이 일을, 처형을 받는 순간의 고통 속에서도 기뻐하며, 신과 폐하의 용서를 빌겠나이다.

그레이 큰 위험을 안고 있는 반역이 폭로된 것을 보고 충신이라면 당연히 기뻐하겠지만, 그래도 지금 이 저주받을 계획이 실행 직전에 저지되는 것을 보고 저는 기쁩니다. 저의 목숨이 아니라, 저의 죄를 용서하소서.

왕 신이 너희들에게 자비를 베풀기를 빌겠다! 선고한다. 너희들은 국왕인 나의 몸을 해치려고 모의하여, 이미 선전포고한 적과 공모한 후, 그의 금고로부터 나의 목숨을 끊기 위한 공작금을 받았다. 그리고 너희들은 국왕을 살인자의 손에 팔아넘기고, 그 귀족들을 노예가 되는 굴욕의 몸으로 타락시키려 했으며, 국민들을 압제와 굴욕 속에 얽매이도록 하고, 왕국을 일시에 황폐시키려 했다. 내 일신에 관해서는 복수의 뜻이 없지만, 이 왕국의 안전에 관해서는 중대한 일이 아닐 수 없다. 나라의 전복(顚覆)을 꾀한 너희들은 국법에 따라 처단해야 한다. 그래서, 너희들 가련한 죄인들은 즉시 사형장으로 가야 한다. 신이 그의 자비심으로 죽음의 고통을 견디는 힘과, 무서운 죄를 회개하는 마음을 주시도록 빌자! 이놈들을 끌고 가라.(케임브리지, 스크루프, 그레이 경호를 받으며 퇴장) 자, 그러면, 제경들, 프랑스로 출발하자. 이 원정은 제경들이나, 나에게 있어서나, 영광에 가득 찬 것이 될 것이다. 무운이 우리에게 있어서 연전연승이 될 것을 의심치 않는다. 우리의 앞길을 막았던 위험한 반역은 신의 은총으로 백일하에 드러났는데, 이것이 신이 우리를 돕는 증거가 된다. 이제 우리 앞에 놓인 장해는 모두 제거되었다고 확신한다. 자, 출발이다. 동포 여러분! 우리 장병들은 신의 인도를 받아, 원정의 길에 나서려고 한다. 힘차게 바다로 가자. 군기를 올려라. 프랑스 왕이 못 되면 영국의 왕을 포기한다. (나팔 소리. 일동 퇴장)

제3장 런던, 선술집 앞

피스톨, 퀴클리, 님 하사, 바돌프, 그리고 소년 등장.

퀴클리 여보, 나도 스테인즈까지 함께 가요, 네?

피스톨 안 돼, 사나이 이 마음이 찢어지네. 님, 기운을 내라. 인마, 용기를 내라. 폴스타프, 왕초가 죽었다네. 안 울 수 있나.

바돌프 왕초와 함께 있고 싶다. 천당이든 지옥이든!

퀴클리 지옥이 아니야. 틀림없이 아서의 가슴에 안겼을 거다(퀴클리는 「누가복음」16장 19-31절의 "아브라함의 가슴"을 잘못 말하고 있다-역자 주). 임종이 깨끗했어요. 세례 받은 아기처럼 맑은 얼굴을 하고 가셨어. 밤 12시와 새벽 1시 사이, 밀물과 썰물이 마주치는 바로 그 시간에 가셨어. 그이가 홑이불을 만지작거리면서 꽃을 따는 시늉을 하고, 손끝에 딴 꽃을 보고 싱긋 웃는 모습을 보고, 난 벌써 안 되겠다는 것을 알았어요. 그인 코가 펜촉처럼 뾰족해지면서 푸른 들판이 어쩌고 중얼거렸지요. "어떠세요, 존경?" 내가 물었어요. "왕초, 기운 내세요!" 나는 고함질렀죠. 그랬더니, 그 양반 "하느님, 하느님, 하느님!" 서너 번 웅얼댔습니다. 그래서 나는 그분을 위로하기 위해서, 하느님 생각하지 마세요, 아직 일러요라고 말했어요. 그랬더니 발에다 이불을 더 덮어달라고 하지 않겠어요? 그래서 나는 침대 속에 손을 넣고 발을 만져보았더니, 마치 돌처럼 싸늘하게 굳어 있었답니다.

그래서 무릎을 만져보았죠. 싸늘하더군요. 그래서 또 그 위로 만져봤더니, 구석구석이 냉돌이에요.

님 하사 술을 저주했다면서.

퀴클리 그랬답니다.

바돌프 여자도?

퀴클리 여자는 저주하지 않았습니다.

소 년 저주했습니다. 여자는 악마의 화신(化身)이라고 말했습니다.

퀴클리 화신(化身)이 아니라 화신(花信)이다. 카네이션 꽃을 싫어했어. 분홍빛이 싫었던 거야.(incarnate와 carnation의 말장난－역자 주)

소 년 언젠가 대장님은 여자 때문에 악마에게 붙들려서 지옥에 갈 거라고 말했어요.

퀴클리 여자를 꼬집는 경우도 있었어. 하지만 그때에는 벌써 정신이 오락가락해서 무슨 말을 하는지 알 수 없었지. 바빌론의 매춘부인가 뭐라고 말하고 있었지.

소 년 바돌프 아저씨 빨간 콧등에 벼룩이 붙은 것을 보고, 검은 악마가 지옥 불에 타고 있다고 한 말 기억나세요?

바돌프 그 불꽃을 계속 태워준 알코올 공급자도 이젠 돌아가셨다. 왕초에게 봉사해서 얻은 보물은 이 빨간 코뿐인가.

님 하사 자, 출발해볼까. 임금님이 사우샘프턴에서 출발하신다.

피스톨 좋아, 출발하자. 사랑하는 아내여, 다시 한번 그 입술을. 내 가재(家財)와 동산(動産)을 잘 보살피게. 장사는 요령이야. "현금 박치기"가 좌우명이다. 아무도 믿지 말라. 맹세는 지푸라기,

약속은 뺑튀기다. 손님 돈은 붙들고 자빠지거라. 경계심이 최고다. 울지 마라. 눈 더럽힌다. 전우들이여, 무기를 잡아라. 프랑스로 향해 출발이다. 전우들이여, 말거머리처럼, 피를 빨고, 빨고 빨자.

소 년   적의 생피는 몸에 해로운데요?

피스톨   그녀의 부드러운 입술에 닿고, 출발이다.

바돌프   안녕히 계세요, 아주머니. (키스한다)

님 하사   나는 키스 못 하겠어. 내 기분이 그래. 잘 있어요.

피스톨   집을 지켜, 마누라야, 쏘다니지 말고. 명령이다.

퀴클리   잘 가요. 잘 가세요. (일동 퇴장)

제4장 프랑스, 왕궁

나팔 소리. 프랑스 왕, 태자, 베리 공작, 브르타뉴 공작, 군사령관, 기타 등장.

프랑스 왕   영국군이 전력을 다해 이 나라를 쳐들어오고 있다. 우리 군은 충분히 경계해서 당당하게 격파할 수 있는 방위태세를 갖추어라. 따라서 베리, 브르타뉴, 브라반트, 그리고 오를레앙 공작들은 즉시 출진하라. 그리고 태자, 너는 급히 서둘러서 용감한 장병과 방위에 필요한 군수품을 갖고, 전선 각 도시의 성벽을 견고하게 방어하며, 보강토록 조치하라. 영국 왕은 소용돌이에 빨려드는 물처럼 억센 힘으로 밀려오고 있다. 한때, 영국군의 전력을 무시했기 때문에 우리가 전투에서 치명적인 피해를 입은 적이 있다. 만전을 기하라.

태　자　존경하는 부왕이시여, 적에 대해서 무장하는 일은 당연한 조치입니다. 전쟁이나 동란이 지금처럼 다급한 문제가 되지 않더라도, 전쟁을 예상해서 방비, 모병, 출전 준비를 갖추어둔다면, 평화의 시대가 계속된다 하더라도 나라가 허약해지지 않을 것입니다. 우리들은 프랑스의 나약한 지방을 살피는 것이 합당하다고 생각합니다. 그 일도 전혀 불안한 기색 없이 태연스럽게 해야 합니다. 영국군들은 성령강림제의 모리스 춤 추느라고 바쁘다는 소식이라도 들은 듯이 말입니다. 폐하, 지금 영국에서는 참으로 어리석은 자가 왕이 되었다는 소식입니다. 경박하고, 경솔하고, 천박하고, 변덕스러운 철부지 풋내기가 왕이 되었으니 염려하실 것 없습니다.

군사령관　어어, 잠깐 태자 전하! 전하께서는 그 왕을 잘못 아셨습니다. 최근에 돌아온 사신들에게 물어보십시오. 그는 왕자의 위엄을 유지하며 사신들의 말에 귀를 기울였답니다. 주변에 가득한 탁월한 고문관들은 겸허한 태도로서 이의를 제기하면 왕은 결연한 태도로 최종 결정을 한다는 것입니다. 그렇다면, 한때 그가 보여주었던 방탕한 생활도 로마인 브루터스처럼, 남루한 둔재(鈍才)의 의상으로 예지(叡智)를 감춘 덮개에 지나지 않았습니다.

그것은 마치 싹을 피우고, 꽃을 피우는 화초 뿌리에 정원사가 거름을 주고 덮는 것과 같습니다.

태 자 사령관, 그렇지 않습니다. 가령 그렇게 생각하더라도 신경 쓸 것 없습니다. 방어에 관한 한 적을 겉보기보다는 강력하다고 생각해두는 것이 유리합니다. 그렇게 하면 방비력도 더욱더 완벽해질 수 있으니깐요. 군비를 아껴서 방비가 소홀하면, 헝겊 한 조각 아끼다 옷 한 벌 다 버리는 꼴이 됩니다.

프랑스 왕 그렇다면, 제 경들, 영국 왕 해리를 강적이라 생각하고, 그를 대적해서 격퇴할 수 있는 강력한 진지를 구축하라. 그들의 동족들은 우리의 피맛을 보고 있다. 우리들이 익숙한 이 땅에서 우리를 괴롭히던 잔혹한 엽견(獵犬)의 피를 해리는 계승하고 있다. 잊을 수 없는 그 굴욕의 날을 다시 한번 상기하라. 그날, 크레시의 전투는 치명적인 패전이 되었다. 우리 귀족들은 모두 악마 같은 별명을 지닌 웨일스의 흑태자 에드워드의 손에 잡혔었다. 산처럼 웅장한 그의 부왕은 높은 산정(山頂)에 우뚝 서서 금빛 햇살을 왕관처럼 받으며, 용감한 아들의 움직임을 바라보고 있었다. 하느님과 프랑스의 부친들이 이십 년 동안 키우고 가꾼 젊은이들, 그 자연의 걸작들이 잘리고 파괴되는 것을 빙그레 웃고 보고 있었다. 해리는 승리한 그 나무줄기에서 뻗어 나온 하나의 가지이다. 그의 천성의 힘과 억센 운명의 힘을 얕보면 안 된다. 충분한 경계가 필요하다.

　　　　사자 등장.

사　자　영국 왕 해리의 사신들이 방금 도착했습니다. 폐하를 뵙고 싶다
　　　　고 간청하고 있습니다.

프랑스 왕　곧 만나자. 이곳으로 안내하라. (사자와 몇 사람의 귀족들 퇴장) 제
　　　　경들, 일이 무섭게 몰아쳐 오는구나.

태　자　돌아서서 추적을 피하세요. 겁먹은 사냥개는 쫓는 사냥감이 무
　　　　서워서 멀리 도망치면 더 짖어댑니다. 폐하, 영국군을 일격에
　　　　분쇄해서 폐하가 어떤 나라의 원수(元首)인가를 알려줍시다. 자
　　　　신을 소중하게 여기는 일은 자신을 소홀하게 여기는 일처럼 죄
　　　　가 되는 일은 아닙니다.

　　　　귀족들이 엑서터와 그 일행을 동반하고 등장.

프랑스 왕　영국의 사신들인가?

엑서터　그렇습니다. 영국 왕이 폐하께 드리는 말씀을 전합니다. 영국
　　　　왕은 폐하가 전능하신 신의 이름으로 즉시 퇴위하시어, 지금 몸
　　　　에 걸치고 있는 차용된 영예를 버리시기를 바라고 있습니다. 이
　　　　모든 것이 영국의 국왕과 그의 자손들에 속한 것임은 모두가 인
　　　　정하고 있는 사실입니다. 그 영예라는 것은 프랑스의 왕관은 고
　　　　래로부터 확립된 관례에 따라, 그 왕관에 귀속된 광범위한 권리
　　　　를 포함하고 있습니다. 영국 왕의 요구가 먼 옛날로부터 전해오
　　　　는 벌레 먹은 고대 자료에서 수집했거나, 오랜 세월 동안 망각

의 먼지를 뒤집어쓰고 있었던 고문서에서 긁어모은, 부정 부당한 것이 아니라는 것을 폐하가 아시도록 여기 계보마다 구석구석 진실을 밝히고 있는 기억할 만한 족보를 영국 왕이 보내오니 혜람하실 것을 강력하게 요청하나이다. 그리고 현재의 영국 왕이 유명한 조상 가운데서도 가장 유명한 에드워드 3세의 직계인 것을 아시게 된다면, 정통한 계승자로 태어난 왕의 손에서 부당하게 찬탈된 왕관과 왕국을 즉시 인도해줄 것을 명하고 있습니다.

프랑스 왕 그 명령에 복종하지 않으면 어떻게 되나?

엑서터 피를 흘리더라도 복종하도록 만들 것입니다. 비록 폐하가 왕관을 가슴속 깊이 감춘다 하더라도, 그 가슴을 도려내어 반드시 찾아내고야 만다는 것입니다. 영국 왕은 주신(主神) 주피터처럼, 천둥소리와 지진 소리를 동반하고, 폭풍우가 되어 쳐들어와서, 말로 되지 않으면, 칼로서 일을 처리하려고 합니다. 영국 왕은 자비로운 신의 이름으로 명령하고 있습니다. 즉시 왕관을 인도하시고, 굶주린 전쟁이 아가리를 벌리고 잡아먹으려고 하는 가련한 민중들을 구제하도록 하십시오. 그렇지 않으면, 폐하의 머리 위로 이 전쟁 때문에 남편을 잃은 미망인의 눈물과 부친을 잃은 고아의 울음소리, 사랑하는 약혼자를 잃은 처녀의 슬픔, 전사자들이 흘리는 피가 한꺼번에 쏟아질 것입니다. 이상이 영국 왕의 요구요, 경고요, 사신이 전하는 취지입니다. 또한 태자가 이 자리에 있으면, 확실히 전해야 되는 전갈이 있습니다.

프랑스 왕 나는 이 요구를 심사숙고해서, 내일 영국 왕에 대한 신중한 답장을 전달토록 하겠다.

태 자 내가 태자이니, 영국 왕의 전갈을 받도록 하겠다.

엑서터 조소와 도전, 경멸과 모멸, 그 밖에도 위대한 영국 왕이 전하는 합당한 말로서, 왕은 전하에게 인사를 하며 다음과 같이 전한다. 전하의 부친이 우리의 요구를 모두 받아들이고, 전하가 지난번에 영국 왕에게 보낸 독살스러운 조소를 거둬들인다면 모를까. 그렇지 않으면, 전하 자신에게 모든 책임을 지우게 될 것이다. 그렇게 되면 프랑스 온 땅의 동굴과 구덩이가 대포 소리로 메아리치면서, 전하의 조롱을 되돌려보내고, 그 허물을 꾸짖게 될 것이다.

태 자 비록 부친께서 긍정적인 답변을 하시더라도, 그것은 나의 의사에 어긋나는 것이라고 전하시오. 나는 영국과 한판 승부를 벌이고 싶소. 그 때문에 나는 놀기 좋아하는 젊은이에게 어울리게, 나는 파리에서 유행하는 테니스 공을 선물로 보냈소.

엑서터 그 답례로 파리 루브르 왕궁이 대포알로 박살 날 것이다. 유럽 최고의 풍치를 자랑하는 그 왕궁도 어쩔 도리가 없을 것이다. 그리고 영국 왕의 젊을 때 모습과 오늘의 모습은 너무나 차이가 나기 때문에 국민들도 깜짝 놀라 경탄에 마지않는다는 것을 태자는 보게 될 것이다. 지금 영국 왕은 분초도 아끼고 있다. 영국 왕이 프랑스에 계시면, 그 사실을 패전의 아픔으로 실감하게 될 것이다.

프랑스 왕 내일 충분히 우리의 답장을 받게 될 것이다. (나팔 소리)

엑서터 될수록 빨리 우리를 보내주시오. 그렇지 않으면 지연되는 일에 불만을 품은 영국 왕이 직접 이곳에 올 것이다. 영국 왕은 이미 이 땅에 상륙하셨다.

프랑스 왕 곧 예의를 다한 답변서를 갖고 돌려보내겠다. 그런데 이 중 대사를 결정짓는 일에 하룻밤이라니 너무나 짧다. 숨 돌릴 겨를 도 없구나. (일동 퇴장)

제3막

프롤로그

코러스 등장.

코러스 이렇게 해서 우리들의 무대는 상상의 날개를 타고, 인간의 생각이 미치지 못하는 빠른 속도로 날아갑니다. 영국 왕이 군비를 갖추고 사우샘프턴 부두에서 승선하는 모습과 장엄한 함대가 떠오르는 태양의 빛을 받으며, 비단 기치(旗幟)를 휘날리면서 떠나는 광경을 여러분은 상상해보세요. 보세요, 지금 선원들이 돛대의 밧줄을 타고 올라갑니다. 들으세요, 혼란스러운 소음을 진정시키려고 선장이 호각소리로 명령하는 소리를. 보세요, 마포(麻布)의 돛은 살며시 파고드는 미풍을 머금고 이랑진 바다 위로 파도를 가르며 거대한 선체를 늠름하게 끌고 가네요. 지금 여러분들은 해안에 서서, 해안 도시가 춤추듯 서 있는 경치를 멀리서 보고 있다고 상상하세요. 왕의 함대가 위풍당당하게 아르플뢰르 항구를 향해 항진하는 모습을 여러분은 마음속에서 보고 계십니다. 자, 여러분, 그 뒤를 쫓아서 함대 후미에 마음을 묶고 우리도 영국을 출발해봅시다! 할아버지들, 노파들, 전력을 잃은 사람들, 그리고 아직 몸에 전력이 없는 아기들만이 지키고 있는 영국을 한밤중에 떠납시다! 여러분 아시겠죠, 턱주가리에 수염 한 톨이라도 나 있는 사람들은 선발된 정예부대 일원으로 모두가 기쁜 마음으로 프랑스 원정에 참전했습니다. 그리고 여러분, 상상력을 더욱 발동시켜, 포위전을 마음속에 그려보세요. 전차에 실린 대포는 포위된 아르플뢰르에 죽음을 뿜는 포구(砲口)를 돌리고 있습니다. 프랑스 궁정에서 돌아온 사신들 보고에 의하면, 프랑스 왕은 공주 카트린을 영국으로 시집보내, 지참금으로 보잘것없는 두세 개 공작령을 첨가한다는 것입니다. 하지만 영국 왕 해리는 이 제안을 탐탁지 않게 여겼으므로, 눈치 빠른 포격수는 무서운 대포에 불을 당겼습니다. (전투 개시의 나팔 소리, 대포들이 일제히 발사된다) 이렇게 해서 눈앞에 있는 모든 것은 파괴되었습니다. 여러분, 제발 우리들 무대에 호의의 눈을 돌려주세요. 부족한 부분은 여러분의 상상력으로 보완해주세요. (퇴장)

제1장 프랑스, 아르플뢰르의 성문 앞

　경고의 나팔 소리. 왕 헨리, 엑서터, 베드퍼드, 글로스터, 그리고 성 공격용 사다리를 지닌 병사들 등장.

왕　다시 한번, 저 성벽의 돌파구를 향해 돌격이다. 제군, 다시 한번 돌격이다. 그 일이 여의치 않으면 영국 병사들의 시체로 저 구멍을 메워라. 평화 시에는 자숙과 겸양만큼 남자에게 어울리는 미덕은 없다. 그러나 일단 포성이 우리들 귓전을 스쳐 지나갈 때면, 호랑이의 행동을 배워야 한다. 근육을 단단히 조이고, 혈기를 돋우어 순한 마음을 냉혹한 분노의 표정으로 바꾸어야 한다. 성벽 틈새로 적을 노려보는 대포처럼, 눈알을 현란하게 부라리며 응시하라. 그 눈 위로 눈썹을 덮어라. 깎아지른 듯 솟아오른 벼랑이, 거친 파도로 침식 당해 생겨난 토대 위로, 보기에도 무섭게 뻗쳐 나온 눈썹이다. 자, 이를 악물고 콧구멍을 열어 숨을 힘껏 들이켜라, 온몸의 힘을 쥐어짜라! 전진, 전진, 용감한 영국의 귀족들이여, 백전백승의 부친으로부터 이어받은 무공을 잊지 마라. 너희 부친들은 한 사람 한 사람 알렉산더 대왕이 되어, 이 땅에서 아침부터 밤까지 분전 분투해서, 근처에 적의 그림자가 보이지 않을 때까지 칼을 칼집에 넣지 않았다. 그 부친으로부터 태어난 아들이라는 증거를 보여다오. 그렇지 않으면 모친에게 불명예를 안기게 된다. 지금이야말로 비천한 사람들에게 모범을 보일 때가 된 것이다. 전투하는 법을 가르치는 때가 되었다. 그리고 영국의 향사들이여, 영국 땅에서 태어나 자란 너희들의 사지(四肢)를 갖고, 여기 프랑스 땅에서 실컷 영국의 정신을 보여주어라. 조국의 이름에 부끄럼이 없는 사람이 되어다오. 나는 그것을 의심치 않는다. 너희들 빛나는 용감한 눈을 보면, 비겁한 자는 한 사람도 없구나. 너희들은 가죽끈에

매달린 그레이하운드 같다. 사냥감이 나왔다. 조바심쳐라. 돌격
하면서 고함쳐라, "신이여, 해리 편에 서주시오. 영국의 수호신
세인트 조지여, 영국을 구하소서!" (일동 퇴장. 돌격 나팔. 대포 발사)

제2장 같은 곳

님 하사, 바돌프, 피스톨, 소년 등장.

바돌프 돌진, 돌진, 돌진, 돌진, 돌진! 돌파구로, 돌파구로!

님 하사 여보, 분대장, 좀 기다려 줘요. 총알이 콩알 볶는다. 내 목숨은
하나밖에 없어. 너무나 맹렬한 기분이야. 내 본심이야.

피스톨 옛 노래는 본심 넘치는 기분이 가득해. (노래한다)

탄환이 날아온다. 사람이 죽는다.

칼과 방패는

피투성이 들판에서

불멸의 영광을 차지한다.

소 년 아아, 런던의 선술집에 있는 편이 좋았다! 맥주 한 잔과 안전이
면, 명예를 다 내놓겠네.

피스톨 나도 그래. (노래한다)

소원대로 된다면

마음대로 해보련만

나는 간다 런던의 선술집.

소 년 (노래한다)

참새가 가지에서 지저귀듯이

그것은 본능이 하는 일이라네,

충성이 하는 일은 아니라네.

영국군 장교 플루엘렌 등장.

플루엘렌 개자식들아, 돌파구로 진격이다! 진격이다, 이놈들!(이들을 독려
한다)

피스톨 제발, 위대한 공작님, 흙으로 빚은 이 가련한 인간에 자비를 베
푸세요! 성깔을 죽이시고, 위대하신 공작님, 화를 내지 마십시
오. 화내지 마세요. 화내지 말고 관대하게 행하세요!

님 하사 이게 무슨 기분이야! 대장 각하 때문에 기분 잡쳤다. (소년만 남
기고 일동 퇴장)

소 년 내가 나이는 어려도, 저 세 허풍쟁이들 정체는 다 알겠다. 나는
저 사람들의 사동이지만, 저들이 다발로 온다 해도 나를 섬기지
못할 것이다. 사실이지, 저 광대들은 뭉쳐봐야 한 사람의 사내
구실도 못해. 우선 바돌프를 보자. 저놈 간덩이는 희멀겋고, 얼
굴은 뻘겋지. 그래서 뻔질나게 어디나 낯짝은 잘 내밀지만, 겁
쟁이라 싸움은 못 해. 다음은 피스톨이다. 저놈은 사람 죽이는
혓바닥과 말 없는 칼을 갖고 있어. 그래서 말은 누더기 헌신짝
이지만, 칼날은 언제나 서 있지. 마지막으로 님이다. 그 사람 말

수는 적지만 최고로 용감한 사람이라고 들었는데, 겁쟁이라는 말을 들을까 봐, 기도조차 안 한다지. 그러나 별볼일 없는 말수도 별거 아닌 적선(積善)과도 같아요. 깨는 것은 원수의 골통이 아니라 자신의 대갈통이라, 그래서 취하면 기둥에 부딪쳐요. 저들은 무엇이든 훔치는데, 그것을 전리품이라고 말하죠. 바돌프는 악기 케이스를 훔치고 육십 킬로나 멀리 운반해서 단돈 삼펜스 반으로 팔아넘겼다는 거야. 님과 바돌프는 좀도둑질 의형제인데, 칼레에서 석탄 부삽을 훔친 적이 있어. 그 일을 보고 나는 저놈들이 지저분한 일을 하는 패거리들이라고 생각했죠. 저들은 나에게 남의 호주머니를 자신의 손수건이나 장갑이라고 생각하라는 거야. 하지만 남의 호주머니에서 나온 것을 내 호주머니에 옮겨놓는 일은 나에게 어울리지 않지. 나쁜 짓 하는 소매치기야. 저 사람들과는 손을 끊고, 더 좋은 주인을 찾아 봉사해야겠다. 저들의 고얀 짓에 속이 뒤틀리네. 토할 것 같다. (퇴장)

플루엘렌 등장, 영국군 장교 가워 뒤따라 등장.

가 워 플루엘렌 대위, 빨리 갱도로 가야 해. 글로스터 공작이 부르시네.

플루엘렌 갱도라! 갱도는 맙소사다, 공작에게 못 간다고 말해줘. 그 갱도는 군사학적으로 돼먹지 않았어. 깊이가 부족해. 그건 말이다, 적은 말이다, 공작에게 말해줘. 우리 갱도 지하 사 야드에 말이다, 역갱도를 파고 있어. 제기랄, 맹세코 말하지만, 적절한 지시를 내리지 않으면, 우리 군은 모조리 날아가네.

가 워 이 포위작전의 지휘관은 글로스터 공작이지만, 실제 명령은 어느 용감한 아일랜드인이 맡고 있다.

플루엘렌 맥모리스 대위지. 안 그런가?

가 워 그렇다.

플루엘렌 맙소사! 그놈은 바보다. 세계 최고의 바보다. 그놈의 수염에다 대고 나는 증명할 수 있어. 알겠나, 그놈은 병법을 몰라. 로마의 병법 말이네. 강아지만큼도 몰라.

맥모리스와 영국군 장교 제이미 등장.

가 워 그놈이 왔다. 스코틀랜드 대대의 대장 제이미 대위와 함께 오네. 플루엘렌. 제이미 대위는 무서운 맹장이다. 틀림없어. 고대 군사학 경험도 많고, 지식도 풍부해. 그의 지식은 내가 알지. 맹세코 말하지만, 그 사람은 로마 고대 병법에 관한 논쟁에서는 단연 으뜸이야.

제이미 플루엘렌 대위, 안녕하십니까?

플루엘렌 안녕하시오, 제이미 대위.

가 워 어떻게 되었소, 맥모리스 대위! 갱도 공사는 중지되었나요? 공병대는 손을 놓았습니까?

맥모리스 맹세코 말하지만, 갱도 파기는 서툴렀습니다. 공사는 중지되었습니다. 이미 철수 나팔도 불었습니다. 이 손과 돌아가신 어버이 영혼에 두고 맹세합니다만, 그 공사는 실패입니다. 그래서 중단했습니다. 맹세코 말하지만, 한 시간이면 저 도시를 날릴 수 있어요. 갱도는 완전 실패입니다. 이 손을 두고 맹세하지만 완전한 실패였습니다!

플루엘렌 맥모리스 대위, 한 가지 부탁이 있는데, 당신과 토론할 수 있는지요. 그게 말하자면, 병법, 특히 로마 병법에 관해서 말입니다. 말하자면 토론형식으로, 우호적인 토론형식으로 말입니다. 나의 학설을 충족시켜보려는 생각이지만, 말하자면 만족시키려고 하는 것입니다. 내 학설과 병법에 관해서 말입니다. 내 주장을 충족시키려는 목적 때문인데, 바로 이것이 요점이죠.

제이미 그거 좋겠네요, 정말 좋겠네요, 두 사람 대위들도 다 좋겠네요. 기회가 닿으면 토론에 참가하고 싶소이다. 정말 해보렵니다.

맥모리스 정말이지, 맹세하지만, 토론할 시간이 없소. 게다가 날씨는 더럽게 덥네요. 날씨도, 전쟁도, 국왕도, 공작도 모두 뜨거워요. 토론할 때가 아닙니다. 우리 군은 이 도시를 포위해서 공격 중이고, 나팔 소리는 돌파구의 공격을 명령하는데, 맹세코 말하지만, 우리들은 입만 놀리고 있을 뿐이지 아무런 행동이 없어요. 이건 우리 모두의 수치입니다. 맹세코 말하지만, 가만히 있는 것은 수치입니다. 이 손에 맹세코 말하지만, 이것은 수치입니다. 적의 목줄도 끊어야 하고, 해야 될 일이 산적해 있는데, 맹세코 말하지만, 이래서는 안 되는 겁니다!

제이미 미사에 맹세코 말하지만, 이 눈이 잠들기 전에, 전투 좀 해야지. 그렇잖으면 땅속에 묻혀서 죽어야 해. 나는 용감할거야. 내 기분을 단적으로 요약하면 이렇습니다. 두 사람의 전쟁 토론을 정말 듣고 싶다는 겁니다.

플루엘렌   맥모리스 대위, 미안한 말씀이지만, 틀렸으면 정정하시오. 당신네 나라 사람들은······.

맥모리스   우리나라 국민이라고? 우리 아일랜드인이 어쨌다는 거야? 악당이요, 사생아요, 악한이요, 불한당이란 말인가? 우리나라 사람들이? 어째서? 우리나라 사람을 이러쿵저러쿵하는 거냐?

플루엘렌   보세요, 맥모리스 대위, 당신이 내가 말하는 것을 곡해하면, 아마도 당신은 나에 대한 대우를 소홀하게 하는 셈이 됩니다. 알겠어요? 나도 방법에 있어서나, 가문에 있어서나, 그리고 그 밖에도 여러 가지 특성에 있어서 당신에게 뒤지지 않습니다.

맥모리스   당신이 나 같은지 아닌지에 대해서는 관심이 없습니다. 맹세코 말하지만, 나는 당신 모가지를 잘라내고 싶어요.

가 워   두 사람이 오해를 하고 있네.

제이미   저런, 말도 안 되는 잘못이야. (진두 담판을 알리는 나팔 소리)

가 워   시내에서 진두 담판을 알리는 나팔 소리가 울리고 있다.

플루엘렌   맥모리스 대위, 보다 나은 기회를 갖게 되면, 내가 군사학을 습득하고 있다는 걸 보여주겠습니다. 내 말은 이것뿐입니다.

(일동 퇴장)

제3장 같은 곳, 성문 앞

시장과 시민들은 성벽 위에, 영국군은 그 아래에 등장. 헨리 왕 그 종자들과 등장.

헨리 왕 시장은 어떻게 결심했는지 알아봅시다. 이번이 내가 허용하는 최후의 진두담판이오. 따라서 항복하고 나의 자비심에 몸을 맡기든가, 아니면 자멸을 두려워하지 않는 사람처럼 당당하게 도전해서 나의 극렬한 공세에 맞서보시오. 나는 군인인 까닭에 ― 군인이란 이름이 가장 어울린다고 생각하기 때문에 ― 일단 포격을 시작하면 아르플뢰르 시가가 잿더미로 파묻힐 때까지 파괴합니다. 중도에 손을 놓는 법은 없소. 자비의 문은 철저히 닫겠소. 우악스럽고 앙칼진 마음을 다진 군인들은 정이고, 용서고 아랑곳 없이, 잔인한 손이 시키는 대로, 지옥의 아가리 활짝 열고, 꽃 같은 처녀와 새싹 어린이들을 들풀 자르듯이 쓰러지게 할 것이다. 하지만 나에게는 이 모든 일이 무슨 상관인가. 하느님도 눈을 돌리는 전란이, 악마의 왕자처럼 불꽃의 옷 속에 몸을 감추고, 연기에 그은 얼굴로 파괴에 수반되는 온갖 잔학한 행위를 한다 한들, 나에게는 무슨 상관이란 말인가? 비록 너희들 순진무구한 처녀들이 미친 듯 설치는 정욕의 손에 폭행 당한들, 그 원인이 너희들에게 있는 이상 나에게는 무슨 상관인가? 방자한 악랄함이 성난 힘을 몰아 언덕을 뛰어내릴 때, 그것을 제어하는 고삐가 없기 때문에, 무작정 약탈을 일삼는 병사들에게 명령을 내려 못 하게 하려는 것은, 바다로 나간 고래 보고 해변으로 오라고 소환장 보내는 것과 같다. 그것은 무의미하고 헛된 일이다. 그러니 아르플뢰르의 시민들이여, 너희들 도시에 사는 사람들을 가엾게 여긴다면, 우리 병사들이 내 지휘하에 엄격하게 통솔되고 있는 이 시점에, 냉정하고 자비로운 바람이 살인, 약탈, 폭행의 독기 품은 더러운 먹구름을 불어서 날려보내고 있는 이 시점에, 여러분의 시민들을 아껴주기 바라네. 알겠는가, 그렇지 않으면 잠시 후에는 앞뒤 가리지 않는 저돌적인 병사들이 피에 물든 손으로 울부짖는 처녀들의 머리칼을 움켜잡고 그들을 더럽힐 것이다. 늙은 아비의 흰 수염을 잡고 존경스러운 머리를 벽에다 부딪치게 해서 박살 낼 것이다. 미친 유대인 엄마들이 무서운 비명 소리로 구름을 찢는 동안, 피에 굶주린 헤롯왕의 살인마들이 갓 태어난 아기들의 알몸을 창끝에 꿰어차게 될 것이다. 자, 화답을 듣자. 항복하고 이런 재난을 피할 것인가? 아니면, 방어하면서 죄를 짓고 자멸하고 말 것인가?

시장과 수행원들 등장.

시 장 우리들의 희망은 오늘 사라졌습니다. 원군을 청했던 태자로부터 이런 대군으로 포위된 도시를 구할 수 있는 군비가 아직 준비되고 있지 않다는 답변이 왔습니다. 따라서 위대한 왕, 당신의 자비심에 이 도시와 시민들의 목숨을 맡깁니다. 성문으로 입성하십시오. 우리들의 생명, 재산을 자유롭게 처분하십시오. 우리들에게는 방어할 힘이 없습니다.

헨리 왕 성문을 열어라! 엑서터 숙부, 아르플뢰르에 입성하십시오. 당분간은 성 안에서 머물면서, 수비를 강화하고, 프랑스의 공격에 대비하십시오. 시민들에게는 자비를 베풀도록 합시다. 나 자신은, 겨울도 다가오고, 병사들 간에 환자들이 생겨 그 수가 늘어나고 있기 때문에, 일단 칼레로 철수합니다. 오늘 밤은 숙부의 객으로 아르플뢰르에서 일박하도록 합시다. 내일 아침 행군을 시작하겠소. (나팔 소리. 왕과 그 일행이 성내로 진군한다)

제4장 루앙, 프랑스 왕궁의 방

공주 카트린과 시중드는 귀부인 알리스 등장. (4장은 프랑스어로 되어 있다—역자 주)

카트린 너는 영국에 가본 적이 있기 때문에 영어를 잘 하겠지.

알리스 약간 합니다.

카트린 부탁이야, 가르쳐줘. 나도 배워야겠어. 영어로 '손'을 뭐라 말하는가?

알리스 손이요? '핸드(hand)'라고 말하죠.

카트린 핸드? '손가락' 은?

알리스 손가락이요? 그건 잊어버렸어요. 하지만 곧 생각날 겁니다. 손가락이요? '핑거(finger)' 입니다. 그렇습니다. '핑거' 입니다.

카트린 손은 '핸드', 손가락은 '핑거', 나는 공부 잘하는 우등생이네. 영어를 두 마디나 벌써 공부했어. '손톱' 은 뭐라 말하는가?

알리스 손톱이요? '네일(nails)' 입니다.

카트린 네일이라. 들어봐. 이만하면 되겠는가? 핸드, 핑거, 네일.

알리스 아주 잘하셨어요. 공주님, 아주 훌륭한 영어입니다.

카트린 말해줘. 영어로 팔은 무엇인가?

알리스 '암(arm)' 입니다.

카트린 팔꿈치는?

알리스 '엘보(elbow)' 입니다.

카트린 엘보. 지금까지 배운 것을 전부 암기해보겠다.

알리스 그건 어렵겠죠. 공주님.

카트린 해볼 테니, 들어봐. 핸드, 핑거, 네일, 암, 빌보.

알리스 엘보입니다.

카트린 그렇구나! 잊어버렸네. 엘보. 목은 뭐라 하나?

알리스 '넥(neck)' 입니다.

카트린 넥. 턱은?

알리스 '친(chin)' 이죠.

카트린 친. 목은 넥. 턱은 친.

알리스 실례 말씀입니다만, 공주님 발음은 토박이 영국인처럼 정확합니다.

카트린 나는 신의 도움으로 틀림없이 영어를 말할 수 있게 될 거다. 그것도 순식간에 하게 될 거다.

알리스 배우신 것, 금세 잊으신 것 아니죠?

카트린 말해볼까? 핸드, 핑거, 메일.

알리스 네일입니다. 공주님.

카트린 네일, 암, 일보.

알리스 황송합니다만 엘보입니다.

카트린 그렇다면, 엘보, 네크, 친, 발은 무엇이라 말하는가? 윗저고리는?

알리스 발은 '풋(foot)', 윗저고리는 '가운(le count)' 입니다.

카트린 홋, 가운! 아아! 무슨 발음이 그렇게 고약하고, 천박하며, 점잖지 못하고, 상스러울까. 귀부인이 입에 담을 수 없는 말이다. 프랑스 귀족들 앞에서는 절대로 입 밖에 내지 않겠다. 맙소사! 풋, 가운! 여하튼 오늘 배운 것을 다시 한번 복습해보자. 핸드, 핑거, 네일, 아암, 엘보, 네크, 친, 풋, 가운.

알리스 아주 멋지네요, 공주님.

카트린 한번에 이 정도면 충분해. 식사하러 가자. (두 사람 퇴장)

제5장 같은 곳. 왕궁의 다른 방

프랑스 왕, 태자, 부르봉 공작, 프랑스 대원수(육군사령관), 기타 등장.

프랑스 왕　영국 왕이 솜강을 건넌 것은 확실하다.

군사령관　그를 상대해서 공격하지 않으면, 폐하, 우리들은 프랑스에 살고 있을 필요가 없습니다. 모든 것을 포기하고, 야만인들에게 우리들의 포도밭을 넘겨주겠습니다.

태　자　아아, 신이여! 우리 프랑스인으로부터 갈라진 잔가지가, 우리 조상들의 정욕의 씨앗으로부터 생긴 떨거지들이, 천한 양생의 나무에 접을 붙이고 성장해서, 구름을 뚫고 뻗는다고 해서 원조 나무를 내려보고 깔본다니, 이런 일이 있어도 된단 말인가!

부르봉　노르만인이지만, 놈들은 사생아 노르만인이다, 노르만의 사생 아들이다! 이 목숨에 걸고 말하지만, 그들에게 아무런 저항도 하지 않고 진격을 허용하면, 나는 공작령을 팔고, 지구 구석에 있는 알비온 섬, 더러운 농장이나 사겠습니다.

군사령관　전쟁의 신이여! 그들은 어디서 이토록 용감한 기질을 얻었나요? 그들이 사는 땅의 기후는 춥고, 음산하며, 안개가 깊어서, 태양도 악의를 품은 듯 창백한 얼굴에 상을 찌푸리며 농작물을 말라 죽이고 있습니다. 거품 섞인 물, 지친 말이나 먹을 약물인 맥주로 그들의 싸늘한 피를 뜨거운 용기로 바꿀 수 있겠습니까? 포도주로 생기를 돋우는 우리들의 피는 서리를 맞은 듯 차가워야 합니까? 우리들은 우리나라의 명예를 위해, 초가지붕에 주렁주렁 달린 고드름 꼴이 되지는 맙시다. 저 냉혈한들도 우리들의 비옥한 땅에서 용기의 땀을 흘리고 있습니다. 아니, 가난한 땅이라 하는 편이 낫겠습니다. 이 땅의 양반들이 이런 문약한 모습들이니.

태　자 신앙과 명예를 걸고 말하지만, 우리나라 여성들은 우리를 바보 취급하면서 우리 같은 겁쟁이들은 상대하지 않고, 젊은 영국 병사들에게 몸을 맡기고, 프랑스를 용감한 사생아의 신천지로 만들고 싶다고 말하고 있다.

부르봉 여성들은 이렇게도 말하고 있습니다. 우리들은 영국 댄스 교습소의 선생이 되어, 높이 뛰고, 빠르게 돌고 도는 람볼타나 코란토를 가르치는 것이 좋겠다. 왜냐하면 우리들의 특기가 높이 뛰고 빨리 도망가는 것이기 때문이다.

프랑스 왕 전령 몽조이는 어디 있는가? 즉시 그를 영국 왕에게 보내어 도전장을 내던지고 오너라. 제경들! 기금이야말로 일어설 때가 되었다. 칼보다 더 갈고 닦은 명예심을 갖고 전쟁터로 달려라. 프랑스군 최고사령관 샤를 델리브레, 그리고 오를레앙, 부르봉, 베리, 알랑송, 브라반트, 바르, 부르간디, 자크 샤티롱, 랑부르, 보드몽, 보몽, 그랑프레, 루시, 폴콘브리지, 푸아, 레스트랄, 부시칼트, 세롤레 대공작, 왕후, 남작, 귀족, 훈작사, 제위들에게 고한다. 제경들의 높은 지위를 위하여, 이 막심한 치욕을 씻어버려라. 아르플뢰르 시민들의 피로 물든 군기를 들고, 우리 국토를 유린하고자 하는 영국 왕 해리를 저지하라. 알프스산이 저 아래 낮은 골짜기 지대에 눈사태를 퍼붓듯이, 영국군을 향해 돌진하라. 해리의 머리 위에 철퇴를 가하라. 제 경들에게는 그 힘이 있다. 그를 포로로 잡아 개선의 전차에 태워, 여기 루앙으로 끌고 오라.

군사령관　왕의 명령이다. 유감인 것은 해리의 군사들이 소수인 점이다. 더욱이나 진격하는 동안 병사들이 병에 걸리고 굶주려 있다. 해리는 우리 군대를 보면 즉시 기력이 꺾여, 공포의 도가니 속에 빠져, 승리의 의욕을 버리고, 배상금을 바치겠다고 간청하게 될 것이다.

프랑스 왕　그러기 위해서도, 군사령관, 몽조이를 급히 영국 왕에게 파견하여, 그가 배상금을 얼마 지불할 것인지 우리가 알고 싶어 한다고 전하라. 태자는 나와 함께 루앙에 머물도록 하자.

태　자　아닙니다, 폐하, 부탁입니다. 출전을 허락해주십시오.

프랑스 왕　자중하라. 태자는 나와 함께 있으라. 자, 군사령관, 그리고 제 경들, 이제 출발하는 시각이 되었다. 내가 기다리는 것은 단 한 가지. 영국 왕 항복의 보고이다. (일동 퇴장)

제6장 피카디의 영국군 진영

가위와 플루엘렌 등장.

가 워　야, 플루엘렌 대위 아닌가! 다리에서 오는 길인가?

플루엘렌　다리에서는 굉장한 공을 세웠다네.

가 워　엑서터 공은 무사한가?

플루엘렌　엑서터 공은 아가멤논에 뒤지지 않는 용맹무쌍한 영웅이다. 나는 내 영혼과 마음과 충성, 그리고 목숨과 재산과 정력의 모든 것을 바쳐 공작을 존경하네. 그분은 신의 가호로 상처 하나 받지 않으시고, 비할 데 없는 용기를 발휘하여 병법의 비술(秘術)을 써서 그 다리를 끝까지 사수하셨다. 그 다리에는 또 한 사람의 기수 장교가 있었는데, 그 사람은 내 양심에 걸어서 말하는데, 마크 안토니만큼 용감한 군인이다. 아직까지 전혀 세상에 알려지지 않은 인물인데, 나는 그의 혁혁한 공로를 이 눈으로 직접 보았다.

가 워　그 사람의 이름은 무엇인가?

플루엘렌　기수 피스톨이라는 이름이다.

가 워　나는 그 군인을 모르겠네.

피스톨 등장.

플루엘렌　저 사람이야.

피스톨 아, 플루엘렌 대위. 부탁이 있습니다. 엑서터 공작께서 대위님을 무척 좋아하시죠?

플루엘렌 신에게 감사할 일이지만 나는 공작의 총애를 다소 받고 있는 셈이야. 나는 그만한 가치가 있다고 생각해.

피스톨 실은 건실하고 용맹무쌍한 군인 바돌프에 관한 일입니다. 그 사람은 지금 잔혹하고 변덕스러운 운명의, 말하자면 끊임없이 굴러가는 눈먼 운명의 자갈돌 위에 있는 신의 무정한 수레바퀴…….

플루엘렌 아, 잠깐, 기수 피스톨, 운명의 여신이 눈을 감싸는 맹인의 모습으로 그려지는 것은 운명은 눈이 멀었다는 뜻을 나타내기 위해서다. 또한 수레를 돌리는 모습으로 그려지고 있는 것은, 거기에 중요한 교훈이 담겨 있는데, 운명은 돌고 돌아가는 것, 변동이 심한 것, 변하기 쉬운 것, 다양한 것이라는 뜻을 나타내기 위해서다. 또한 운명이 굴러가는 돌을 밟고 서 있는 것은, 시인의 멋진 표현이 되는 것이오, 또한 멋진 교훈을 알리는 일이 된다.

피스톨 운명은 바돌프의 적입니다. 운명은 그에게 싸늘한 얼굴을 보여주고 있어요. 성화(聖畵) 한 장 훔쳤다고 교수형이라니요. 지나칩니다. 이런 사형은 어림도 없다! 교수대의 밧줄은 개목에 매달아요. 인간의 목을 조르는 데 쓰는 것은 부당합니다. 그러나 엑서터 공은 사형을 선고했어요. 그 싸구려 그림 때문이죠. 대위께서 변호해주시면, 공작께서는 귀를 기울일 것입니다. 그

서푼짜리 밧줄과 당찮은 책망 때문에 바돌프의 목을 조르지 않도록 대위님이 말 좀 해주십시오. 목숨만 건져주시면 사례하겠습니다.

플루엘렌   네 말뜻은 잘 알아들었다.

피스톨   그렇다면 기쁘기 한량없습니다.

플루엘렌   여보게, 기수, 이것은 기뻐할 일이 아닐세. 알겠는가. 그 사람이 내 형제라고 해도, 나는 공작이 처형해주길 바라기 때문이다. 군율은 엄하게 지켜야 한다.

피스톨   당신을 경멸한다. 절교다!

플루엘렌   좋아.

피스톨   개똥이나 먹어라! (퇴장)

플루엘렌   좋아.

가 워   아니, 이건 이름난 사기꾼 아닌가. 지금 생각났는데, 저놈은 매춘굴의 뚜쟁이, 소매치기다.

플루엘렌   그러나 한 가지 분명한 것은, 그는 다리 위에서 화창한 여름날에 들을 수 있는 용감한 말을 했어요. 그래. 나는 괜찮아. 그가 내게 한 말도 좋아. 때가 오면 알게 될 것이다.

가 워   저놈은 바보요. 얼간이요. 건달이다. 때로 전쟁에 나가는 것은 군복 입고 런던에 돌아가서 멋 부리려는 목적 때문이지. 저런 놈은 항상 지휘관 이름을 잘 기억하고 있어. 그리고 누가 어디서 공을 세웠는지 줄줄이 외우고 있지. 어떤 보루(堡壘)에서, 어떤 돌파구에서, 어떤 방위선에서, 누가 멋지게 혈로(血路)를 개

척하고, 누가 적탄에 쓰러지고, 누가 체면을 잃고, 당시 적군의 상황은 어떠했으며 등등의 이야기를 군사용어를 써가며 줄줄 읊어대는 거야. 새로운 맹세의 말로 양념 쳐가며, 장군 같은 수염을 기르고, 전쟁 때가 묻은 군복을 입고 말하기 때문에 맥주병이 줄 서 있는 자리서 알코올로 머리를 적시고 있는 사람들 귀에는 굉장한 효과를 발휘해. 그러니 당신은 시대의 치욕같은 저런 건달들을 알아보는 눈을 길러야지. 그렇지 않으면 엉뚱한 실수를 하게 됩니다.

플루엘렌 가워 대위, 확실하게 말해두지만, 나도 저 사람이 당당하게 세상에 나서는 인간이 못 된다는 것쯤은 알고 있어요. 저 사람의 허물을 찾는 날에 나는, 그에게 내 마음을 털어놓겠네. (북소리) 저 북소리는…… 왕의 행차시다. 다리의 전황을 보고해야겠다.

군고(軍鼓)와 군기를 앞세우고 헨리 왕, 글로스터, 병사들 등장.

폐하, 만수무강 하소서!

왕 플루엘렌! 다리에서 왔는가?

플루엘렌 그렇습니다, 폐하. 엑서터 공작께서는 용감하게도 다리를 점령하셨습니다. 아시겠습니까, 프랑스군은 나 살려달라고 도망쳤습니다. 용감한 격전이었습니다. 무엇보다도 적군이 다리의 지배권을 장악했었는데, 퇴각할 수밖에 없다 보니, 지금은 엑서터 공작이 다리를 점거하고 있습니다. 폐하, 제가 말씀드리고 싶은 것은 공작은 용감한 장군이라는 점입니다.

헨리 왕   플루엘렌, 우리 편에서는 누구를 잃었는가?

플루엘렌   적군의 손실은 아주 큽니다. 그런데 제가 말씀드릴 것은, 공작은 단 한 사람의 병정도 잃지 않았다는 것입니다. 교회 절도죄로 처형될 사람을 제외하면 말입니다. 그 병사는 바돌프인데, 그렇게 말씀드리면 폐하도 아시는지 모르겠습니다만, 그 얼굴은 온통 여드름이요, 혹이요, 부스럼입니다. 그래서 얼굴이 언제나 벌겋죠. 입술에서 코로 입김을 불면, 코는 석탄 불꽃처럼 빨갛게 되거나 퍼렇게 됩니다. 그러나 그 코가 처형되면 그 불꽃도 꺼지게 되겠죠.

헨리 왕   그런 범죄자는 모조리 처형해야 마땅하다. 분명하게 엄명을 내렸지만, 이 나라를 진격하는 동안에 마을 사람으로부터 한 가지 물건도 징발해서는 안 된다. 돈을 지불하지 않고 물건을 강탈해서는 안 된다. 프랑스인을 한 사람이라도 모욕적인 언사로 경멸해서는 안 된다. 관용과 잔혹이 한 나라를 두고 서로 다툰다면, 전자가 이기게 되어 있다.

　　나팔 소리. 몽조이 등장.

몽조이   옷차림으로 저의 직무를 알아보시겠는지요.

헨리 왕   알겠다. 전령이지. 무엇을 전하러 왔는가?

몽조이   우리 임금의 뜻입니다.

헨리 왕   말하라.

몽조이 프랑스 왕은 다음과 같이 언명한다. 영국 왕 해리에게 전하라. 나는 죽은 것처럼 보였는지 모르지만, 실은 자고 있었다. 호기 (好機)를 얻고 싸우는 것은 경솔하게 싸우는 것보다 훌륭한 장군이다. 영국 왕에게 전하라. 나는 아르플뢰르 항구에서 그에게 타격을 가할 수도 있었지만, 상처가 곪아 터질 때까지 무리하게 건드리지 않는 것이 좋다고 생각했다. 이제 기회는 무르익었다. 나의 발언은 절대적이다. 영국 왕은 그의 어리석음을 뉘우치고, 자신의 약점을 인식하고, 나의 인내심을 경탄해야 할 것이다. 따라서 배상금을 생각해두라. 우리가 입은 손실, 우리가 잃은 병사들, 우리가 당한 굴욕을 보상해야 한다. 이것을 배상하려면, 그는 왜소하기 때문에, 변상의 무게를 감당하지 못하고 기어야 할 것이다. 나의 손실과 우리 신하들이 흘린 피를 보상하려면, 그의 금고는 너무나 가난하기 때문에, 그의 전군의 피를 갖고도 부족하다. 나의 굴욕을 보상하려면, 그 자신이 내 발밑에 엎드려도 아무런 도움이 되지 않을 것이다. 마지막으로 도전의 말을 영국 왕에게 전한다. 영국 왕은 신하를 배반하였다. 따라서 그들의 멸망도 아울러 선언되었음을 알린다. 이상이 프랑스 왕의 말씀입니다. 이것으로서 저의 임무도 끝났습니다.

헨리 왕 그대 이름은 무엇인가? 직무는 알고 있다.

몽조이 몽조이라고 합니다.

헨리 왕 그대는 임무를 훌륭히 해냈다. 곧 돌아가서 프랑스 왕에게 전하라. 나는 지금 스스로 원해서 그와 싸울 생각은 없다. 다른 어려움이 없으면, 나는 지금 칼레로 돌아가고 싶다. 우리보다 유리한 입장에 있는 적에게 이렇게 실토한다는 것은 현명하지 못한 일이지만, 사실 우리 병사들은 질병으로 쇠약해지고, 그 숫자도 줄어들었다. 지금 남은 그 소수가 같은 수의 프랑스 병사보다 더 우수하지는 못하다. 그들이 원기 왕성했을 때는, 전령관, 영국 병사 한 사람은 프랑스 군인 세 사람에 맞먹을 수 있었다. 이런, 하느님, 용서하소서. 실없는 허세였어요! 프랑스의 바람이 이런 악습을 내 몸속에 불어넣었나 봐요. 반성해야 합니다. 가서, 당신의 왕에게 전하시오. 나는 여기 있다. 나의 보상금은 이토록 보잘것없는 허약한 육체뿐이다. 나의 병력은 기껏해야 병약한 일개 친위부대뿐이다. 동시에 이 말도 전하시오. 비록 프랑스 왕과, 그에게 뒤지지 않는 이웃나라 왕이 내 가는 길을 막는다 하더라도, 나는 신의 인도로 진군할 것이다. 몽조이, 이것을 받아두게. 수고 값이요. 가서 그대의 왕에게 신중히 생각하시라고 말하시오. 나는 가는 길이 있으면 간다. 우리가 방해를 받으면, 그대의 황토 땅을 붉은 피로 적시겠소. 돌아가시오, 몽조이. 나의 답변을 요약하면, 이렇다. 우리 군의 현황으로 보아, 자진해서 전투하려고는 않지만, 우리 군의 현황 때문에 전투를 피하고 싶지도 않다는 것이다. 가서 전하시오.

몽조이 그렇게 전하겠습니다. 이것은 고맙게 받겠습니다. (퇴장)

글로스터 설마 지금 당장 처들어오지는 않겠지오?

헨리 왕 알겠는가, 동생. 우리는 하느님 손에 있지, 그들 수중에 있는 것은 아니야. 다리로 향해 진군이다. 밤이 다가온다. 오늘 밤은 강 저편에서 야영을 하고, 내일 아침 일찍 출발하자. (일동 퇴장)

제7장 아쟁쿠르 근처 프랑스군 진영

프랑스 군사령관 람뷔르 공, 오를레앙 공, 태자, 기타 등장.

군사령관 아, 내 갑옷은 세계 제일인데, 빨리 날이 새면 좋겠다!

오를레앙 당신의 갑옷도 좋습니다만, 나의 말도 칭찬해주시오.

군사령관 유럽 최고의 명마이죠.

오를레앙 아침은 밝아오지 않는가?

태 자 오를레앙 공과 군사령관께서는 말과 갑옷 얘기를 하고 계십니까?

오를레앙 이 두 가지에 관해서 전하가 세계 어느 군주보다도 더 좋은 것을 갖고 계십니다.

태 자 무슨 밤이 이렇게 길어! 나의 말은 네 발로 달리는 어떤 것과도 바꾸지 않겠다. 꿈같은 얘기지만 내 말은 창자가 머리털로 된 테니스 공처럼 날아간다. 코에서 불을 뿜고 하늘을 나는 천마 페가수스다! 그 말을 타면 나는 날아오르는 매가 된다. 공중을 달리다가 발이 땅에 닿으면 대지는 노래를 한다. 그 소리는 최저의 것이라도 머큐리의 피리보다 더 아름다운 음악이다.

오를레앙　털색은 밤색이죠.

태　자　기질은 생강처럼 매운 데가 있어요. 그 말은 페르세우스의 애마 페가수스라 해도 좋다. 그 말은 지(地), 수(水), 화(火), 풍(風) 4원소 가운데서 불과 바람으로 되어 있어. 흙이나 물 같은 둔중한 원소는 티끌만큼도 없어. 그것은 오로지 기수가 안장에 올라탈 때까지 기다리는 시간에만 볼 수 있다. 그것만이 말이라는 이름을 가질 수 있는 거지, 나머지는 모두 동물에 지나지 않아.

군사령관　비할 데 없이 우수한 명마입니다.

태　자　말 중의 왕자이다. 그 울음소리는 군주의 호령이고, 그의 위용은 타의 복종을 끌어낸다.

오를레앙　잘 알았어요, 그 정도로 해둡시다.

태　자　종달새 우짖는 아침서부터 양이 잠드는 밤까지 나의 승마를 계속 칭찬하지 못하는 인간은 지혜라고는 서푼어치도 없는 것들이다. 저 말은 바다처럼 풍부한 시의 주제이다. 바닷가 모래알 하나하나가 혓바닥이 된다 해도 나의 말을 다 말할 수 없을 것이다. 그 말은 군주들의 화제요, 그 말을 타는 것은 군주들의 기쁨이다. 우리들이 잘 알고 있는, 아니면 아직도 알지 못하고 있는 세계의 사람들이 그들의 일을 제쳐놓고 칭찬할 수밖에 없는 명마이다. 나는 한때, 그 명마를 찬양하는 시를 쓴 적이 있어. 그 시는 이렇게 시작하지. "아아, 자연이 만든 기적이여 —."

오를레앙　그렇게 시작되는 시를 들은 적이 있습니다. 애인에게 바치는 사랑의 시였습니다.

태　자　그것은 내가 승마에 바친 시를 모방한 것이지. 나의 말은 나의 연인이야.

오를레앙　전하의 애인은 태우는 일이 능숙하군요.

태　자　나를 잘 태운단 말이지. 그것은 한 사람에게 성의를 다하는 연인의 칭찬할 만한 미덕이 아닌가.

군사령관　그런데 어제는 애인이 전하의 허리를 마구 흔들어대는 것 같던데요.

태　자　그대의 연인이 그랬었겠지.

군사령관　제 말은 안장도 달지 않는걸요.

태　자　그렇다면 할머니가 되어 얌전해졌구나. 사령관은 아일랜드 경기병(輕騎兵)처럼 프랑스식 헐렁바지는 벗어버리고, 바싹 붙는 속바지를 입고 탄 거야.

군사령관　전하는 마술에 능하신 모양입니다.

태　자　그러니까 내 충고를 들으라. 그대처럼 벌거숭이 말을 타는 사람은 주의하지 않으면 진흙탕 늪 속에 낙마하게 된다. 나는 그 말을 연인으로 삼고 행복하다.

군사령관　난 차라리 애인으로 말괄량이를 갖겠습니다.

태　자　봐, 사령관, 내 애인은 가발 쓴 매춘부가 아니라 순결한 여인이다.

군사령관　그런 자랑이라면, 돼지를 애인으로 가져도 되겠네요.

태　자　"개는 자신이 토한 것으로 되돌아가고, 돼지는 씻어도 다시 흙탕물 속에 떨어진다." 성경에 있는 말 그대로 써먹을 데가 많네.

군사령관　하지만 저는 말을 애인 대신 써먹지는 않습니다. 또한 빛나가는 속담의 사용을 즐기지 않습니다.

람뷔르 군사령관, 오늘 밤 군막에서 보았던 그 갑옷에 달린 장식은 별인가, 태양인가?

군사령관 별입니다.

태 자 그 별 몇 개는 내일 떨어지지 않겠는가?

군사령관 그래도 빛나는 영광은 꺼질 줄 모릅니다.

태 자 그럴지도 모르지. 좌우지간, 사령관의 장식별은 필요 없이 많아요. 좀 줄이는 것이 영광에 도움이 되겠는데.

군사령관 그 점에서는 전하의 말에 해당됩니다. 자랑을 좀 줄이더라도 말이 달리는 데는 지장이 없겠죠.

태 자 안 그래요. 그 말에도 어울리는 칭찬을 더 해주지 못하는 게 안타까울 뿐이오! 언제 날이 새나? 내일 아침에는 일 마일 정도 말을 달리고, 가는 길마다 영국 병정의 피로 물들게 할 것이다.

군사령관 저는 그렇게 말하고 싶지 않습니다. 나중에 창피한 일을 당할지 모르기 때문이지요. 하지만 빨리 날이 새면 좋겠습니다. 영국 놈들 모가지를 잘라야죠.

람뷔르 나와 내기합시다. 포로 이십 명으로?

군사령관 그보다 먼저 자신이 포로가 될 염려가 있다.

태 자 한밤중이다. 무장을 해야지. (퇴장)

오를레앙 전하는 아침이 밝기를 고대하시네.

람뷔르 영국군 잡아먹기를 기다리신다.

사령관 죽이면 모두 잡아드시겠지.

오를레앙   내 사랑하는 귀부인의 하얀 손에 걸고 맹세하는데, 전하는 용감하신 분이야.

군사령관   그 귀부인의 발에 걸어 맹세하면 어떻겠소. 그런 맹세를 귀부인이 발로 찰 수 있도록.

오를레앙   전하의 눈부신 활동은 프랑스 최고가 아닌가?

군사령관   행위는 활동이지. 전하께서는 항상 행위를 하고 있어요.

오를레앙   해로운 일은 안 하셔.

군사령관   내일도 사람을 해치지 않고 명성만은 유지하실 겁니다.

오를레앙   전하는 용감하셔.

군사령관   공작 이상으로 전하를 잘 아시는 분이 그렇다고 말하는 것을 나도 듣고 있습니다.

오를레앙   그 사람은 누구죠?

군사령관   그는 그렇게 말했습니다. 이 사실은 누가 알아도 좋다고 말씀하셨어요.

오를레앙   그렇겠지. 세상이 다 아는 미덕인데.

군사령관   다 알고 있는 것은 아닙니다. 전하의 용기를 알고 있는 사람은 항상 구타당하는 하인뿐이죠. 그것은 숨은 용기라는 것입니다. 사람 눈에 띄면 사라집니다.

오를레앙   "악의는 말이 고울 수 없다."

군사령관   그 속담에 이렇게 응답하죠. "친구 사이에도 아첨 있다."

오를레앙   그 속담을 이렇게 받죠. "악마에게도 제 몫을 주라."

군사령관   잘 말했소. 말하자면, 친구인 태자가 악마라는 뜻이죠. 그 속담에 덧붙이겠어요. "악마여 꺼져라."

오를레앙 "바보는 활을 먼저 쏜다"는 속담처럼, 사령관이 한 수 위입니다.

군사령관 공작의 화살은 표적을 벗어났습니다.

오를레앙 벗어난 것은 이번만이 아니죠.

사자 등장.

사 자 군사령관 각하에게 말씀드립니다. 영국군이 우리 진지로부터 천오백 보 지점에 야영의 진을 쳤습니다.

군사령관 누가 그 거리를 측정했는가?

사자 그랑프레 공입니다.

군사령관 용감하고 노련한 신사이다. 빨리 날이 새야 하는데! 아, 영국 왕 해리, 불쌍한 사람이여! 우리들처럼 날이 새는 것을 고대하고 있지는 않겠지.

오를레앙 영국 왕, 얼마나 처량하고 우둔한 놈인가! 머리 나쁜 놈들 대동하고, 낯선 이곳까지 꺼덕꺼덕 무턱대고 오다니.

군사령관 머리가 영리한 놈들은 도망쳤을 것이다

오를레앙 그 지혜는 없어. 머리에 지성이라는 투구가 있다면, 그토록 무거운 투구를 썼겠는가.

람뷔르 그래도 영국에는 아주 사나운 동물들이 득실댄다는데, 그놈들의 맹견 마스티프는 대단하다면서.

오를레앙 얼간이 같은 개들이지. 그놈들은 러시아 곰 아가리 속에 눈

감고 뛰어들어, 썩은 사과처럼 골통이 으스러진단 말입니다. 그놈을 칭찬할 바에는 사자 입술에서 조반 드시는 벼룩 보고 용감하다고 말하는 편이 낫지요.

군사령관 그렇습니다. 영국 놈들이 지혜와 여편네를 고향에 남겨두고, 무턱대고 쳐들어오니, 놈들에게 대량의 쇠고기와 강철 무기를 주면, 늑대처럼 먹고, 악마처럼 싸울 겁니다.

오를레앙 그런데 딱한 것은 쇠고기가 동이 났다는 사실이야.

군사령관 내일이면 알게 됩니다. 놈들은 음식 삼키는 뱃속이지, 당차게 싸울 뱃심은 아닙니다. 자, 바야흐로 무장할 시간이 되었다. 갑옷을 입자.

오를레앙 새벽 두 시다. 열 시가 되면 일이 끝나고, 각자 백 명씩 영국 놈들 포로를 잡게 될 것이다. (퇴장)

제4막

프롤로그

코러스 등장.

코러스 다시 여러분의 상상력에 호소합니다. 지금은 스며드는 속삭임과 사람들이 응시하는 밤의 어둠이 광대무변한 우주를 가득 채우고 있습니다. 진영에서 진영으로 밤의 어두운 회랑을 통하여, 양군의 웅성거리는 소리가 들립니다. 양군의 보초들은 각자의 위치에서도 상대방의 비밀스러운 속삭임을 거의 들을 수가 있습니다. 모닥불은 모닥불을 비추고, 창백한 불꽃을 통해, 서로가 상대방의 적갈색 얼굴을 볼 수 있습니다. 군마는 군마를 위협하며, 높고 자랑스러운 울음소리가 야반의 잔잔한 고요를 찢는군요. 천막에서는 장비병이 장도리 두들기며 기사들이 입을 갑옷 만들기에 못질하는 일손이 바쁘고, 전투 준비하는 소리는 무섭게 사방에 울려 퍼지고 있습니다. 농가의 수탉이 울고, 시계 종소리가 잠에 취한 새벽 시간 세 시를 알립니다. 병력의 숫자에 자신을 얻고 들떠있는 오만한 프랑스군은, 거만하게도 영국군을 깔보며 주사위를 굴리면서, 더럽고 추악한 마녀가 다리를 절며 느릿느릿 가는 듯한 밤의 더딘 걸음을 꾸짖고 있습니다. 죽음의 선고를 받은 영국군 장병들은 제단에 바친 희생양처럼, 모닥불 옆에 꼼짝 않고 앉아서, 내일 불어닥칠 일신의 위험을 곰곰이 생각하고 있습니다. 야윈 볼과 전투로 닳아버린 옷은 달빛을 받고 떠올라 한 사람 한 사람이 무서운 유령 같습니다. 이 초라한 군대를 이끄는 국왕이 보초로부터 보초로, 천막으로부터 천막으로 순찰하는 모습을 보는 사람은 누구나 "신이여, 국왕 폐하의 머리 위에 찬양과 영광을 주세요!"라고 부르짖지 않을 수 없습니다. 이토록, 국왕은 지금 전군의 장병을 돌보고 다닙니다. 부드러운 얼굴에는 미소를 띠고, 장병들의 인사를 받으며, 형제여, 친구여, 동포여라고 부르고 있습니다. 왕에 어울리는 그의 얼굴에는 강력한 적군에게 포위당한 불안한 기색은 전혀 없습니다. 또한 꼬박 밤샘한 피로가 극도에 달했는데도, 늠름한 표정, 굳건한 자세, 정다운 위용을 보니, 기력을 잃고 창백하던 병사들은 그로부터 위안을 얻습니다. 그의 관대한 눈초리는 태양을 닮았기에, 풍성한 은혜를 베풀면서 싸늘한 공포를 녹이고 있습니다. 자, 높고 낮은 관객 여러분, 그날 밤 국왕 해리의 모습을, 미숙하지만 여기 그려놓은 것을 관람하세요. 지금 무대는 전쟁터로 옮아가지 않으면 안 됩니다. 전쟁터라 하지만, 아, 슬프게도 초라하고 보잘것없는 칼 너댓 자루로 가소로운 싸움을 하면서 아쟁쿠르의 이름을 더럽히고 있습니다. 부족한 모방의 연기로 진정한 전쟁을 상상하면서 관람하시기 바랍니다. (퇴장)

제1장 아쟁쿠르의 영국군 진영

헨리 왕, 베드퍼드, 글로스터 등장.

왕 글로스터, 확실히 우리는 큰 위험에 처했다. 그러니 더욱더 용기를 내야 돼. 안녕하시오, 베드퍼드. 전능하신 신이여! 악한 것 속에도 선한 정기(精氣)가 있다. 중요한 것은 사람이 그것을 잘 살펴 건져내는 일이다. 지금도 우리의 나쁜 이웃 때문에 우리들은 일찍 일어나 있다. 이 일은 건강에도 좋고 시간을 절약하니 좋긴 하다. 적수(敵手)들은 우리들 마음 바깥에 있는 양심이며, 고마운 신부이기도 하다. 그들은 우리 모두에게 최후의 시간을 준비하도록 독려하고 가르치고 있다. 이렇게 해서 우리는 잡초에서 꿀을 따고, 악마 자신을 우리의 교훈으로 삼을 수 있다.

어핑엄 등장.

안녕하세요, 토머스 어핑엄 경. 그대 백발 머리에는 프랑스의 딱딱한 초지(草地)보다는 부드러운 베개가 더 어울리지 않는가요.

어핑엄 아닙니다, 이 잠자리가 더 마음에 들어요. 왜냐하면 이 잠자리는 국왕과 같은 침소이기 때문이죠.

왕 다른 예에 따라서 현재의 고통을 환영하는 것은 좋은 일입니다. 그렇게 하면 마음이 편하지요. 마음이 생기를 찾으면, 지금까지 죽은 것이나 다름없던 신체의 각 기관이 잠들었던 무덤을

파헤치고, 껍질을 벗고 신선한 활력으로 활기차게 활동을 개시합니다. 토머스 경, 그 외투 좀 빌려주시오. 그리고 동생들은, 둘이서 진중의 제 경들을 찾아서 나 대신 아침 인사를 하고, 즉시 나의 막사로 오라고 전해주게.

글로스터　알겠습니다.

어핑엄　저는 옆에 있을까요?

왕　아니오. 토머스 경도 내 동생과 함께 영국의 제경들을 방문하시오. 나는 조용히 마음속으로 생각해야 될 일이 있소. 잠시만 혼자 있게 해주시오.

어핑엄　폐하에 신의 축복이 내리시기를! (왕을 남기고 일동 퇴장)

왕　고맙소, 당신의 말 기쁘게 생각하오!

　　　피스톨 등장.

피스톨　거기 가는 사람 누구요?

왕　우리 편이다.

피스톨　명백히 말하라, 그대는 장교인가? 아니면 비천하고 평범한 일반 병사인가?

왕　난 하사관이오.

피스톨　억센 장창(長槍)을 끄는가?

왕　그렇소. 당신은?

피스톨　신성로마제국의 제왕에 못지않은 신분이오.

왕　그렇다면 왕보다 더 높은 사람이로구나.

피스톨 우리 왕은 완벽한 쾌남이요, 활기찬 젊은이요, 명성이 빛나는 인물입니다. 가문 좋고, 완력이 강하죠. 나 같으면 왕의 신발에 입을 맞추겠소. 마음속 깊이에서 왕을 사랑하오. 헌데 당신 이름 뭐요?

왕 해리 르 로이.

피스톨 르 로이? 콘월 출신이군.

왕 아니오, 웨일스요.

피스톨 플루엘렌을 아시나요?

왕 알죠.

피스톨 그 사람에게 말해다오. 세인트 데비 날(3월 1일—역자 주) 모자에 부추(웨일스의 국장—역자 주) 달고 있으면 머리통 까준다고 말하시오.

왕 당신도 그날은 모자에 단검을 꽂지 말아야지, 그 칼로 머리통이 깨지면 안 됩니다.

피스톨 자네는 그 사람 친군가?

왕 그 사람 친척이기도 합니다.

피스톨 엿 먹어라!

왕 달갑게 받겠습니다. 잘 가시오!

피스톨 내 이름은 피스톨이다.

　　　　플루엘렌과 가워 등장.

가 워 플루엘렌 대위!

플루엘렌 납니다. 제발 부탁입니다, 작은 소리로 말하세요. 이 넓은 세상에서 고래(古來)의 정당한 병법이 지켜지지 않고 있는 것은 놀랄 일이다. 폼페이 장군의 병법을 잠깐 연구해보면 알겠지만, 정말이지 폼페이의 영내에서는 와글와글 나불대는 잡담은 없었어. 알겠나, 전쟁의 법도, 전쟁에 대한 태도, 전쟁의 형식, 규율, 절도 등이 전혀 지금 같지는 않았어.

가 워 하지만 적군들도 시끄러워. 밤새껏 그들의 소리를 들을 수 있어요.

플루엘렌 적들이 바보고 멍청이고 나불대는 건달들이라 해서, 우리도 바보고 멍청이고 나불대는 건달들이 돼야 한다고 당신은 말해요? 양심껏 대답 하시오.

가 워 작은 소리로 말할게.

플루엘렌 그렇게 좀 해줘. 빈다, 빌어. (가워와 플루엘렌 퇴장)

왕 좀 이상한 데는 있지만, 그 웨일스인은 용기도 책임감도 있는 사람 같아.

　　　　세 사람의 병사, 존 베이츠, 알렉산더 코트, 마이클 윌리엄스 등장.

코 트 여봐, 존 베이츠, 저기 허옇게 밝아오니 동트는 것인가?

베이츠 그래요. 그러나 아침이 빨리 와야 되는 이유는 없지 않나?

윌리엄스 하루의 시작을 보지만, 하루의 끝은 볼 수 없을 거다. 거기 누구요?

왕 친구다.

윌리엄스 대장은 누구냐?

왕　토머스 어핑엄.

윌리엄스　그 사람은 명지휘관이요, 인정 많은 사람이야. 그런데. 토머스 경은 우리 군의 상황을 어떻게 생각하고 있을까?

왕　모래톱에 좌초한 선원들이 다음 조수에 밀려갈 것을 기다리는 상황이랍니다.

베이츠　그런 생각을 왕에게 보고하지 않았는가?

왕　말할 성질이 못 되는 것 같아요. 나 같은 사람이 말할 정도의 것이니깐. 왕도 나 같은 인간에 지나지 않아요. 왕도 제비꽃을 내가 맡는 것처럼 맡을 테니깐. 하늘도 내가 보듯이 볼 거 아니겠소? 오관(五官)의 움직임도 인간의 조건 그대로일 것이고, 국왕의 표시를 떼고 벌거숭이가 되면 평범한 인간에 지나지 않아요. 그의 감정은 우리들보다 더 높이 솟구치지만, 일단 내려앉는다 하면 우리와 같은 날개로 내려와요. 그러니 왕도 우리들처럼 무서워할 이유가 있으면, 의심할 여지없이 우리들과 똑같이 그 공포를 맛볼 것입니다. 다만, 우리는 왕에게 무서워할 이유를 주면 안 돼요. 왕이 무서워하는 모습을 군인들이 보면, 전군의 사기가 저하되기 때문이에요.

베이츠　겉으로는 용기를 보여주지만, 틀림없이 마음속으로는 이런 추운 밤에도 템스 강에 목을 담그는 편이 낫겠다고 생각하겠지. 나도 그랬으면 좋겠어. 어떤 위험을 무릅쓰고도 왕의 곁에 있고 싶어. 그래야 이곳을 빠져나갈 수 있지.

왕　내 양심을 걸고 말하지만, 왕은 지금 있는 이곳 이외에는 어느

곳도 가고 싶지 않다고 생각해요.

베이츠 그렇다면 혼자서 이곳에 오시면 좋겠어. 배상금을 물고 귀국하면 많은 우리 병사들 불쌍한 목숨이 살아날 수 있기 때문이지.

왕 혼자 이곳에 왔으면 하는 것은 왕이 싫어서 하는 소리가 아니지요. 남의 속을 떠보느라고 그런 말 하는 거지요. 나는 왕의 곁에서 죽는 것이 최고의 소망입니다. 이번 전쟁은 정의의 싸움이며, 대의명분이 있기 때문입니다.

윌리엄스 그건 우리가 알 바 아니다.

베이츠 우리가 알 필요 없는 거지. 우리는 왕의 신하인 것을 알면 족하다. 왕의 대의명분이 잘못돼도, 우리가 신하로서 복종했다면 죄는 면죄되는 것이야.

윌리엄스 그러나 대의명분이 떳떳하지 못하면, 왕 자신이 무거운 짐을 지게 될 거다. 최후의 심판일에는 전쟁터에서 잘린 팔다리와 모가지들이 우르르 왁자지껄 모여들어 "우리는 그런저런 장소에서 죽었다"라고 고함을 지를 것이다. 어떤 병정은 욕을 퍼붓고, 어떤 병정은 외과의를 부르고, 어떤 병정은 고향에 두고 온 가난한 아내 이야기를, 어떤 병정은 빌려 쓴 차용금 얘기를, 또 어떤 병정들은 작별도 못 하고 헤어진 아이들 얘기를 요란하게 떠들어댈 것이다. 전쟁터에서 죽은 자들은 제대로 죽은 목숨들이 아니다. 피를 흘리는 것이 목적인데, 전쟁에 무슨 자비가 있겠는가? 만일에 이들이 기도나 참회가 없는 참담한 죽음을 맞는다면, 이런 결과를 빚어낸 왕은 중대한 죄를 짓게 된다. 왕의 명령

왕   에 복종하고 신하의 의무에 충실하면 전쟁의 죄를 면할 수 있다. 그렇다면, 만약에 아버지의 분부로 사업차 여행길에 나선 아들이 배 조난으로 참회도 못하고 죽는다면, 당신의 논법으로 한다면, 아들의 죄는 그를 보낸 아버지가 지게 되는 셈이네요. 그리고 또한, 주인의 명령으로 얼마간의 돈을 운반하던 하인이 도중에 도적들의 습격을 받아, 그 또한 죄를 용서받지 못하고 죽었을 때, 그를 지옥에 떨어뜨린 것은 주인이 됩니다. 그러나 이 논법은 잘못이에요. 왕은 병사 한 사람 한 사람의 목숨을 책임지지 않고 있소. 아버지도 아들에 대해서, 주인도 하인에 대해서 그들의 죽음에 책임을 지지 않고 있소. 그들이 일을 맡길 때는 그들이 죽어달라는 것이 아니었기 때문이오. 그리고, 아무리 왕의 대의명분이 깨끗한 것이라 하더라도, 전쟁으로 일을 결판낼 때는, 병사들이 청렴결백하다고 말할 수는 없어요. 어떤 사람은 치밀하게 계획한 살인을 범하고 있을지도 몰라요. 어떤 사람은 거짓 맹세로 처녀의 정조를 빼앗고 있는지도 모르죠. 또한 강도 약탈로 온화하고, 평화로운 가슴에 피를 흘리게 한 자가 전쟁에 참전해서 그 죄를 감추려고 하는 그런 사람도 있을 것입니다. 그런 사람들은 법망을 뚫고, 징벌을 피하고 있지만, 비록 사람들 눈을 피하고는 있지만, 신의 손으로부터 도망갈 수 있는 날개는 없소. 전쟁은 그들에 대한 신의 채찍이오. 전쟁은 그들에 대한 신의 복수요. 그래서 그들은 국왕의 법을 어긴 벌을 국왕의 전쟁으로서 받게 됩니다. 그들은 사형의 무서운 곳으로부터 목숨을 건졌지만, 안전하다고 생각했던 곳에서 목숨을 잃게 된 셈이죠. 그런 사람이 참회도 하지 않고 죽어 지옥에 떨어졌다 해도, 왕에게는 아무런 책임도 없는 것입니다. 그들이 지금 벌을 받는 것은 과거의 죄 때문이기에, 그것에 대해서는 왕은 아무 책임이 없다는 것입니다. 신하 한 사람, 한 사람이 바치는 의무는 왕의 것이지만, 신하 한 사람, 한 사람의 영혼은 자신의 것입니다. 따라서 전투장의 병사는 병상에 누운 환자와 마찬가지로, 한 사람, 한 사람이 자신의 양심의 먼지를 깨끗하게 씻어내야 합니다. 그렇게 죽으면, 죽음은 그에게 혜택이 됩니다. 만약에 살아남는다면, 그런 마음의 준비를 위해 얻은 잃어버린 시간은 축복을 받아야 합니다. 죽음을 피할 수 있었던 사람은 모든 죄를 참회하고, 신에게 모든 것을 맡겼기 때문에 신이 그 일을 좋게 본 탓으로, 신의 위대함을 보여주기 위해, 또한 다른 사람에게 마음의 준비가 얼마나 중요한가를 가르치기 위해, 자신을 살려둔 것이라고 생각해도 죄가 되지 않을 것입니다.

윌리엄스 확실히 그렇소. 죄를 보듬고 죽는 사람은 죄를 뒤집어쓰지 않으면 안 됩니다. 왕에게 그 책임은 없어요.

베이츠 나도 왕에게 나의 책임을 묻고 싶지 않습니다. 나는 왕을 위해 전력을 기울여 싸울 결심입니다.

왕 내가 들은 얘긴데, 왕은 절대로 배상금을 지불하지 않으시겠다는 겁니다.

윌리엄스 그렇게 말한 것은 사실이지만, 그것은 우리를 더 열심히 싸우게 하는 방책이었습니다. 그러나 우리들 목이 잘려나간 다음에 보상금을 내고 자유로워진들 우리가 알 턱이 있나요.

왕 내가 살아남아서 그것을 알게 되면, 두 번 다시 왕의 말을 신용 하지 않겠습니다.

윌리엄스 앗, 그건 멋진 반격입니다! 장남간 공기총에서 발사되는 탄환 이죠. 가련한 졸병이 제왕에게 불만을 터뜨리는 겁니다. 하지 만 차라리 공작 날갯죽지로 부채질해서 태양의 표면을 얼게 하 는 것이 더 나을지 모릅니다. 두 번 다시 왕의 말을 믿지 않겠다 는 거죠! 여보세요, 그런 어리석은 말은 하지 마세요.

왕 좀 지나친 말입니다. 이런 때가 아니라면, 화를 낼 텐데.

윌리엄스 살아남거든, 결투를 합시다.

왕 찬성이오.

윌리엄스 다음에 만나면 어떻게 알아보나요?

왕 표식을 주면 모자에 달고 다니겠소. 당신이 그것을 알아보면, 즉시 상대해주겠소.

윌리엄스 여기 내 장갑이 있습니다. 당신 것을 주시오.

왕 자, 여기.

윌리엄스 나도 이것을 모자에 달고 다니겠소. 내일 이후 당신을 만났을 때, "이것은 내 장갑이다"라고 말하면, 귀쌈을 한 대 갈겨주마.

왕 살아남아서, 그 장갑을 보면 반드시 도전하리다.

윌리엄스 스스로 목매다는 것과 같군.

왕 반드시 도전하리다. 당신이 비록 왕 옆에 있다 하더라도.

윌리엄스 그 말 잊지 마시오. 잘 가오.

베이츠 친구처럼 지내요. 영국 동지들이여, 바보처럼 굴지 말고, 친구처럼 지내요. 싸움 상대는 프랑스 놈들로도 충분합니다. 그런 계산도 못 합니까.

왕 확실히 프랑스군은 일 크라운에 대해 이십 크라운을 걸고 영국군을 패배시킬 수 있다는 내기를 걸고 있는 모양이다. 어깨 위에 크라운을 얹고 다니니깐(크라운[금화]을 머리[頭]라고도 해석한다─역자 주), 프랑스 금화를 잘라내도 영국서는 큰 죄가 되지 않는다. 내일은 왕도 크라운을 자르려고 나설 거다. (병사들 퇴장) 왕의 책임이라! 우리의 목숨도, 영혼도, 빚도, 고생하는 아내도, 자식도, 그리고 우리들의 죄까지도 모두 왕의 책임이다! 나는 무엇이나 책임을 져야 한다. 이런 가혹한 조건은 왕이라는 거룩한 자리와 쌍둥이 형제가 된다. 자신의 아픔만을 느끼는 어리석은 자의 험담도 들어야 한다. 일반 서민들이 누리는 무한한 마음의 편안함을 왕 자신은 버려야 한다! 그런데 왕이 갖고 있지만 서민이 지니지 않고 있는 것이라고는, 의식(儀式), 형식적인 의식 이외에 도대체 무엇이 있단 말인가? 의식이라는 우상인 그대여, 그대는 무엇인가? 그대는 어떤 종류의 신이냐? 왕을 숭배하는 자들보다, 그대가 이 세상 고통을 더 많이 겪어야 하다니? 그대의 재산은 얼마인가? 너의 수입은 얼마나 되는가? 아, 허례허식이여, 그대의 가치만이라도 가르쳐다오! 숭상의 본질은 무엇인가? 그대는 지위요, 계급이요, 격식 이외에 무엇이란 말인가? 그대는 타인의 마음속에 외경(畏敬)과 두려움을 불어넣는다. 그대는 두려움을 사고 있으니, 두려워하는 사람보다 더 불행하다. 그대가 가끔 마시고 있는 것은 달콤한 존경의 잔이 아니라, 아첨의 독배로다! 아, 거룩하고 위대한 국왕이여, 병에 걸려서 의전(儀典)에게 치료를 명령해보아라! 아첨 떠는 혀끝에서 쏟아지는 공허한 말속에 불같은 열기가 뿜어난다고 생각할 수 있는가? 허리를 굽히고 머리를 수그리면, 병이 물러나는가? 그대는 거지의 무릎을 꿇게 할 수는 있어도, 그의 건강한 무릎과 바꿔치기 할 수는 없다. 그대 거만한 꿈이여, 국왕의 안면을 희롱하는 그대여, 나는 그대의 정체를 발견한 유일한 왕이다. 대관식 때 바르는 성유(聖油)도, 왕홀(王笏)도, 왕옥(王玉)도, 제왕의 표시가 되는 보검도, 보장(寶杖)도, 왕관(王冠)도 금과 진주로 아로새긴 왕의(王衣)도, 왕명 앞에 늘어놓는 아첨 떠는 긴 존칭도, 왕이 앉는 옥좌도, 이 세상 암벽을 때리는 영화의 파도도, 이 모든 것을 전부 합쳐서 호사스러운 잠자리에 깔더라도, 결코 제왕을 편안한 잠자리에 유인할 수 없다. 초라한 노예가 고생해서 번 빵으로 배를 채우고, 마음 편하게 푹 잠드는 그런 단잠을 찾을 수는 없다. 노예들은 지옥의 무서운 밤을 보지 못한다. 마부처럼 해돋이에서 일몰까지 태양신 포이보스 앞에서 구슬땀 흘리며, 밤에는 낙원의 단잠을 즐기고, 날이 새면 다시 일어나 히페리온 태양신이 천공을 달리는 말을 타도록 도우면서, 한평생 가는 계절을 쫓고, 유익한 노동에 몸을 바치며, 무덤으로 간다. 그런 비천한 백성들은, 의식 따위는 아랑곳하지 않고, 낮에는 기를 쓰고 일하며, 밤에는 자고 지나는데, 그들이 제왕보다 더 행복하지 않는가. 노예들은 나라의 평화스러운 국민으로서 평화를 향수(享受)하고 있다. 그들의 투박한 머리로는 짐작도 할 수 없겠지만, 제왕은 그들의 평화를 유지하기 위해서, 백성들이 자는 시간에도 밤잠을 설치며 국사에 골몰한다.

　　어핑엄 등장.

어핑엄　폐하, 귀족 제경들은 폐하의 모습을 뵈올 수 없자, 염려한 나머지, 진중(陣中)을 샅샅이 뒤지고 있는 중입니다.

왕　어핑엄, 그들을 나의 천막으로 소집하게. 나는 한 발 먼저 가 있겠네.

어핑엄　알겠습니다. (퇴장)

왕　아, 전쟁의 신이여! 병사들의 마음을 강철처럼 단련시켜라. 그들에게 공포심을 심지 마라. 만일 적병의 수가 그들의 용기를 빼앗아가면, 그들의 계산 능력을 즉시 제거해다오. 오늘만은 안 됩니다, 신이여! 오늘만은 저의 부친이 왕관을 차지하기 위해 저지른 죄악을 잊어주세요! 나는 리처드 2세의 유해를 극진히 다시 매장하고, 부친이 억지로 짜낸 피보다 더 많은 회오(悔悟)의 눈물을 흘렸습니다. 또한 오백 명의 빈민에게 연봉을 주기도 합니다. 그들은 하루에도 두 번 시든 손을 하늘로 치켜 올리고, 피의 숙청을 용서하라는 기도를 올립니다. 나는 또한 두 개의 예배당을 지었습니다. 그곳에서는 근엄한 신부들이 고인이 된 리처드 왕을 위해 항상 미사를 올리고 있습니다. 아니, 그 이상의 것도 하렵니다. 비록 무엇을 한들, 용서를 구하는 후회의 정이 하염없이 싸인다 하더라도 말입니다.

글로스터 등장.

글로스터   폐하!

왕   그 목소리는 동생 글로스터로구나. 알겠다, 너의 용건을. 함께 가자. 승리의 날을, 우리 편과 그밖의 모든 것이 우리를 기다리고 있다. (두 사람 퇴장)

제2장   프랑스군의 진지

태자, 오를레앙, 람뷔르, 보몽, 기타 등장.

오를레앙   햇살이 갑옷을 금빛으로 물들이고 있소. 제경들이여, 일어나시오!

태 자   군마를 타라! 내 말은 어디 있는가! 마부! 내 말, 이랴!

오를레앙   아, 장하도다!

태 자   자, 진격이다! 물을 넘고, 언덕을 넘어 진격이다!

오를레앙 바람을 넘고, 불을 지나 진격이다!

태　자 하늘을 뚫고 가자, 오를레앙.

　　　군사령관 등장.

　　아, 군사령관!

군사령관 군마들이 용솟음치는 울음소리를 들으십니까!

태　자 말을 타고, 뱃가죽이 찢어지도록 박차를 가하라. 뜨거운 피를
뿌려서 영국 놈들 눈을 멀게 하고, 넘치는 용기로 물리치자!

람뷔르 놈들의 눈에서 말의 피눈물이 흘러나게요? 그렇다면 놈들의 눈
물을 어떻게 보죠?

　　　사자 등장.

사　자 영국군은 전투 준비가 끝났습니다.

군사령관 말을 타시오, 제경들, 즉시 말을 타시오.! 저 굶주리고 지쳐버
린 적군을 보시오. 제경들의 아름다운 갑옷 모양을 보면, 그들
은 즉시 혼을 빼앗겨 인간의 껍질만 남게 될 것입니다. 우리 군
은 전군이 부산하게 움직일 일은 없습니다. 그들의 쇠약한 혈관
을 쥐어짜도 우리 장병의 칼끝에 묻힐 만한 피 한 방울 나오지
않습니다. 따라서 오늘 프랑스 장병들이 칼을 뽑아도, 할 일 없
이 다시 칼을 꽂아야 합니다. 그러니 그들에게 콧김이라도 불어
서, 우리들의 용맹한 숨결로 그놈들을 쓰러뜨립시다. 이 일에
는 아무도 이의를 제기할 사람이 없을 텐데, 할 일 없이 우리 군

대 주변에서 서성대고 있는 마부나 농부들만으로도 넉넉히 이 못난 적군을 전쟁터에서 쓸어낼 수 있을 것입니다. 우리들은 이 산기슭에서 한가롭게 앉아서 손 놓고 구경만 하면 됩니다. 그러나, 이렇게 되면, 무인으로서의 명분이 서지 않아요. 그러니 어떻게 하면 될까? 아주 조금만 해봅시다. 그것으로 끝입니다. 자, 나팔수에게 명해서 승마 신호를 우렁차게 불라고 전하라. 우리 군이 당당하게 진격하면 대지를 흔들게 되고, 영국군은 놀라서 주저앉고 항복할 것이다.

그랑프레 등장.

그랑프레 프랑스의 제경들이여, 왜들 이렇게 늦장을 부리시오? 저 섬나라에서 온 썩은 송장들은 이곳에 뼈를 묻고자 환장들 했는지, 상쾌한 아침의 초원에 어울리지 않는 모습을 보여주고 있습니다. 누더기가 된 그들의 군기는 초라하게 축 늘어져 있고, 그 군기를 프랑스의 바람은 업신여기듯이 이리저리 밀고 댕기며 놀리고 있어요. 군신 마르스도 거렁뱅이 꼴이 된 적들을 보고 기가 죽었던지, 녹이 슨 면갑(面甲) 틈으로 맥없이 내다보고 있습니다. 기병들은, 승마 인형의 촉대(燭臺)처럼 손에 횃불을 들고 꼼짝없이 앉아 있고, 불쌍한 군마들은 고개를 수그리고, 배와 엉덩이 살이 빠진 채, 죽은 듯한 뿌연 눈에서는 눈곱이 덕지덕지, 생기를 잃은 입에는 씹어먹던 풀에 더러워진 이중 재갈이 움직이지 않고 매달려 있어요. 시체 처리반인 까치들은 이들 위

로 날면서 때가 오기를 몸부림치며 기다리고 있습니다. 어떤 언
어로 표현해도, 풀 죽은 저 군대의 모습을 생생하게 묘사하는
일은 불가능합니다.

군사령관 그들은 기도를 끝내고 지금은 죽음을 기다리고 있습니다.

태 자 어떤가, 그들에게 음식과 새 군복을 보내고, 굶어 죽는 말에게
는 먹이 건초를 보낸 다음 전투를 하는 것이?

군사령관 군기의 도착을 기다리고 있었는데, 됐다, 출진이다! 나팔수의
군기를 빌려 급한 대로 씁시다. 자, 자, 갑시다. 출격이다! 해는
중천에 떴다. 기다리는 것은 시간의 낭비다. (일동 퇴장)

제3장 영국군 진영

글로스터, 베드퍼드, 엑서터, 어핑엄 부하들을 대동하고 등장. 솔
즈베리와 웨스트모어랜드도 등장.

글로스터 왕은 어디 계시냐?

베드퍼드 폐하 스스로 적군을 시찰하러 나가셨습니다.

웨스트모어랜드 적은 전투부대 육만여 명의 대부대입니다.

엑서터 한 사람당 다섯이오. 게다가 적들은 모두 쌩쌩한 신병들이오.

솔즈베리 신이여, 우리를 도우소서! 적은 너무나 우세합니다. 제 경들
에게도 신의 가호가 있으시길 빌겠소. 저는 부대로 돌아갑니

다. 천국에서 만날 때까지 다시 뵙지 못할 것 같아서 미리 작별 인사 드립니다. 베드퍼드 공작, 글로스터 공작, 엑서터 공작, 나의 친척 웨스트모어랜드 백작, 용사 여러분들, 건투를 빕니다!

베드퍼드 잘 가시오, 솔즈베리, 무운을 빌겠소.

엑서터 잘 가시오, 백작. 오늘은 용감하게 싸우시오. 이런 말 하는 것도 실례이지요. 당신은 용감한 충성심 덩어리이니깐. (솔즈베리 퇴장)

베드퍼드 정말로, 정이 많고, 용맹하고, 모든 점에서 귀공자에 흡사한 인물이야.

왕 헨리 등장.

웨스트모어랜드 지금 이곳에, 본국에서 오늘의 전투에 참전하지 않는 병사 일만의 병력이 있다면!

왕 누구냐, 그렇게 소망하는 사람은? 웨스트모어랜드 백작인가? 그건 그렇지 않아요, 백작. 만약에 전사하는 운명이라면, 조국에 대한 손실은 우리로서도 충분하오. 만약에 이겨서 살아남는다면, 소수가 되면 될수록 명예의 분배는 커집니다. 그러니 부탁이오. 병력이 더 있으면 좋겠다고 바라지 마시오. 하느님께 맹세하지만, 나는 황금에 대한 욕심은 없소. 누구나 내 비용으로 먹고 마신들 조금도 개의치 않소. 사람들이 내 옷을 입어도 상관치 않아요. 그런 외면적인 것을 구하는 욕심은 나에게 없소. 그러나 명예를 탐하는 것이 죄라면, 나는 이 세상에서 가장 죄가 많은 사람이오. 그러니 백작이여, 제발 본국으로부터의 지원군을 바라지 마시오. 나는 이 커다란 명예를 반드시 얻을 것이라고 믿고 있는데, 한 사람이라도 더 늘려서 내 몫을 줄이고 싶지는 않소. 부탁이오, 한 사람의 지원군도 더 바라지 마시오. 그보다는 웨스트모어랜드, 전군에 포고문을 발표하시오. 이번 전투에서 용기가 없는 자는 퇴거해도 좋다. 그런 자에게는 귀국의 허가증을 주고, 가는 여비도 주겠다. 우리들은 함께 죽는 일을 겁내는 자들과는 함께 죽고 싶지 않다. 오늘은 10월 25일, 성 크리스피안의 제일이다. 오늘을 살아남고 귀국하는 자는, 이날이 오면 발돋움을 하고 서서, 크리스피안의 이름을 들을 때마다 고개를 높이 들 것이고, 이날을 넘고 노령에 이르는 자는, 해마다 이날이 오면, 이웃들에게 그 전날 밤 잔치를 베풀고 말할 것이다. "내일은 크리스피안의 제일이다." 그리고 소매를 걷고, 상처를 보이며, "성 크리스피안 날에 입은 상처다"라고 말할 것이다. 노인은 잘 잊는다. 그러나 다른 것은 다 잊어도, 그날 세운 공로만은 덤을 붙여 기억할 것이다. 그리고 우리들 이름은 매일매일 인사말처럼 되풀이되며 친근해질 것이다. 왕 해리, 베드퍼드, 엑서터, 워릭, 탤벗, 솔즈베리, 글로스터 등의 이름은 넘치는 잔을 비울 때마다 새삼스럽게 기억될 것이다. 아버지는 아들에게 우리들 이야기를 가르칠 것이다. 오늘부터 세계가 끝나는 날까지, 성 크리스피안의 제일이 오면 반드시 우리들 얘기가 기억될 것이다. 소수이지만, 우리들의 행복한 소수집단은 형제들이다. 왜냐하면 오늘 우리 함께 피를 흘리면,

우리는 형제가 되기 때문이다. 아무리 비천한 신분의 사람도, 오늘부터는 귀족의 대열에 선다. 그리고 지금 조국, 영국의 따뜻한 잠자리에서 단잠을 자는 귀족들은 훗날, 이곳에 오지 않았던 자신을 저주하게 되고, 우리들과 함께 성 크리스피안 제일에 참전한 용사들이 무공담을 펼칠 때마다 그들은 남자의 체면을 잃었다고 생각할 것이다.

솔즈베리 재등장.

솔즈베리 폐하, 급히 전투준비를 해야 합니다. 프랑스군은 이미 당당하게 대열을 짜고 진격을 개시할 기색입니다.

왕 준비는 되어 있다. 우리들 마음의 준비만 되면 된다.

웨스트모어랜드 지금 겁을 집어먹는 자는 죽는 편이 낫다!

왕 본국으로부터의 지원군은 더 이상 바라지 않지요?

웨스트모어랜드 신의 뜻입니다! 저는 폐하와 단둘이서 남의 도움을 받지 않고 이 위대한 싸움에 뛰어들 생각입니다.

왕 그렇다면 이곳에 있는 오천의 장병들은 필요 없다는 말씀이군. 한 사람의 지원병을 바라는 것보다 더 기쁜 말씀이오. 제경들, 부서(部署)들은 알고 있으시겠지. 신의 가호를 빌겠소!

나팔 소리. 몽조이 등장.

몽조이 다시 영국 왕의 뜻을 받들고자 왔습니다. 이제 파멸이 확실해진 이상, 먼저 보상금을 지불하실 용의가 있으신지요? 국왕께서는 지금 낭떠러지 가장자리에 서 계십니다. 이대로라면 심연으로 빨려들 수밖에 없습니다. 우리 군사령관은 자비심을 베풀어 장병들에게 참회의 기회를 드린답니다. 그들의 영혼이 이 전투장에서 조용히, 편안하게 빠져나갈 수 있도록 말이죠. 그들의 육체는 가련하게도 이곳에 쓰러져서 썩지 않으면 안 되니 말입니다.

왕   누가 보낸 사신이냐?

몽조이   프랑스군 사령관입니다.

왕   전과 똑같은 답변을 갖고 가라. 이 몸을 죽이고, 이 뼈를 팔라고 전하라. 아, 어찌해서 저들은 가련한 자들을 이토록 조롱하지 않으면 안 되는가? 사자가 살아 있을 동안에 사자를 판 자가 사자를 잡으러 갔다가 사자에게 먹혔다는 얘기가 있다. 우리들 대다수의 육체는 고국 땅에 묻힐 것이다. 그리고 묘비에는 틀림없이 오늘의 공로가 새겨진 비문이 동판에 기록되어 남을 것이다. 그리고 남자답게 이곳에서 산화한 용사의 유골은, 비록 프랑스의 분토(糞土)에 매장되더라도, 그 명성은 널리 세상에 전달될 것이다. 태양은 반드시 그들을 비춰서, 그들의 명예를 피어오르는 증기처럼 하늘로 치솟게 할 것이다. 그들의 몸이 흙으로 변해 악취가 대지를 덮으며, 프랑스 온 땅에 전염병을 퍼뜨릴 것이다. 알겠는가. 우리들 영국군의 용기는 전사하더라도, 나르는 총탄이 부서지면서 다시 해독을 끼치는 것처럼, 죽어서 땅에 돌아가더라도 다시 살상력을 발휘한다. 나는 자랑스럽게 말한다. 돌아가서 군사령관에게 전하라. 우리는 노동하는 전사들

이오. 축제용 군대가 아니오. 화려한 의복과 장식은 우중 강행
군으로 더럽혀져 있지만, 그리하여 깃털 하나 붙어 있지 않지만
— 이것도 좋은 일이다, 도망가려 해도 깃털이 없으니깐 — 이
토록 초라한 모습이 된 것은 계속되는 전투 때문이다. 그러나
우리들 정신은 화려하게 장식되어 있다. 저 초라한 병사들은 말
하고 있다. 밤이 오기 전에 천당의 새 옷을 입든지, 그렇지 않으
면 프랑스 병사의 화려한 새 옷을 벗겨 벌거숭이로 만들어 놈들
의 군인직을 박탈하겠다라고 말이네. 만일에 그렇게 되면, 신
의 뜻이겠지만, 그것으로 나의 배상금도 쉽게 조달될 것이다.
하지만 전령관, 배상금 때문에 오는 것은 삼가게. 헛수고가 되
는 거야. 내가 지불할 수 있는 것은, 맹세하지만 이 팔다리뿐이
네. 그것도 내가 내놓고 너희들이 입수할 때쯤 되면, 부스러기
이상의 값이 있겠는가. 군사령관에게 그렇게 전하라.

몽조이 알겠습니다, 폐하. 그러면 실례하겠습니다. 두 번 다시 배상금
으로 오는 일은 없겠습니다. (퇴장)

왕 프랑스 왕의 배상금 때문에 한 번 더 오게 될 것이다.

　　요크 등장.

요 크 폐하, 무릎 꿇어 간절히 청합니다. 저를 최전선의 지휘를 맡게
해주십시오.

왕 좋다. 부탁한다. 용감한 요크여. 자, 장병들이여, 진격이다. 신
이여, 오늘의 승패를 당신의 뜻에 맡깁니다! (퇴장)

제4장 전쟁터

위기를 알리는 나팔 소리. 양군의 돌격. 피스톨, 프랑스 군인, 소년 등장.

피스톨 항복하라, 개새끼!

프랑스 군인 (프랑스어로) 당신은 점잖은 신분의 신사죠.

피스톨 "칼리티 칼미 쿠스튜르 므!" 너는 신사냐? 네 이름은 무엇이냐? 말해봐라.

프랑스 군인 (프랑스어로) 오 신이여!

피스톨 오, "시뇨르 듀(오 신이여)"라는 이름의 신사인가 보다. "시뇨르 듀" 양반, 내 말 잘 들으슈. "시뇨르 듀"는 내 칼 받고 죽어야 될 운명이오. 사는 길은 한 가지, "시뇨르"가 나에게 엄청난 배상금을 바쳐야 돼.

프랑스 군인 (프랑스어로) 오, 자비심을! 저를 불쌍히 여기세요! (프랑스 군인이 말하는 moi는 프랑스어로 "나를" 의미한다. 피스톨은 "moi"를 동전으로 달리 해석한다. O,prenez misericorde! ayez pitie de moi! ― 역자 주)

피스톨 "모야"라고 했으니 동전을 뜻한다. "모야"는 어림도 없다. 사십 "모야"면 받겠다. 그렇지 않으면, 붉은 피가 솟는 창자를 목구멍으로 끌어내겠다.

프랑스 군인 (프랑스어로) 당신의 완력에서 벗어나는 일은 불가능합니까?

피스톨 뭐, "동 브라"라고? 개새끼! 이놈의 빌어먹을 음탕한 양 새끼가! "브라스(brass)"라 — 놋쇠를 준다는 거냐!

프랑스 군인 오, 용서하세요!

피스톨 "돈네 모아"라고? 동전이라면 어떤 액수라도 좋다는 거냐? 무슨 말인지 모르겠다. 여봐, 꼬마야. 프랑스어로 이놈 이름이 무엇인지 물어봐.

소 년 당신 이름이 무엇이죠?

프랑스 군인 "페르"입니다.

소 년 페르 씨라고 합니다.

피스톨 페르 씨! 이 페르니아 놈의 페르멧 머리를 펠트 모자처럼 때려 눕힐까? 이놈한테 프랑스어로 그렇게 말해.

소 년 페르니아, 페르멧, 펠트 등의 프랑스어는 모릅니다.

피스톨 각오하라고 말해. 모가지를 잘라버리겠다.

프랑스 군인 이 사람, 뭐라고 말하고 있나요?

소 년 이 사람은 당신보고 각오하라고 말하라는 겁니다. 이 병정은 당장 당신의 목을 자르겠다고 합니다.

피스톨 위이 위이. 목을 베겠다는 거다, 이 시골뜨기야. 금화를, 멋진 금화를 내지 않으면, 이 칼로 목을 벤다.

프랑스 군인 제발, 살려주세요! 저는 고결한 가문 출신입니다. 목숨만 살려주세요. 그러면 금화로 이백 장 드리겠습니다.

피스톨 나의 노여움도 사라졌다. 이놈한테 금화는 이 손으로 받겠다라고 말하라.

프랑스 군인 꼬마 아저씨, 이 사람이 뭐라고 말합니까?

소 년 포로는 절대로 용서하지 않는다고 이 사람이 맹세한 일에 반대되는 일이긴 하지만, 그럼에도 불구하고 당신이 약속한 금화 때문에 당신을 자유롭게 사면하겠다는 겁니다.

프랑스 군인 이렇게 무릎 꿇고 천 번도 절합니다. 당신처럼 용감하고, 호탕하고 고귀한 신분의 영국 기사를 만난 것을 행복하게 생각합니다.

피스톨 꼬마야, 통역해.

소 년 그는 무릎 꿇고 천 번이나 절을 올린다고 합니다. 그리고 당신처럼 용감하고, 호탕하고, 고귀한 신분의 신사를 만난 것을 행복이라고 생각한다는 것입니다.

피스톨 사람 생피를 마시는 나다. 자비를 베풀자. 따라오라.

소 년 대장을 따라가세요. (피스톨과 프랑스 군인 퇴장) 저런 텅 빈 심장에서 저런 우렁찬 소리가 나올 줄은 미처 몰랐네. "텅 빈 통이 큰 소리 낸다"라는 속담이 옳아. 바돌프나 님만 하더라도, 몽둥이 칼로 발톱이 깎이고, 비명을 지르는 옛날 연극에 나오는 악마 같은 이놈 피스톨보다 열 배나 낫다. 그런데, 두 사람은 교수형을 당했지. 이놈도 닥치는 대로 훔치면 그런 꼴 당할 거다. 나는 마부들과 우리 편 짐을 지켜야 돼. 그 일을 프랑스군이 알면, 큰 수확을 올리게 되지. 우리 아이들밖에 지킬 사람이 없으니까.

(퇴장)

제5장 전쟁터 다른 장소

군사령관, 오를레앙, 부르봉, 태자, 람뷔르 등장.

군사령관 제기랄!

오를레앙 어찌 된 일입니까! 패전이다, 끝장났다.

태 자 뒈져라! 모든 것은 파멸이다. 모든 것이! 굴욕과 영원한 오명이
우리들 갑옷 위로 조롱하듯 자리 잡고 있다. 아아, 저주받을 운
명이여! 여보게, 도망가지 말라. (짧은 나팔 소리)

군사령관 우리 군은 참패했소.

태 자 아아, 끝없는 치욕이여! 자결합시다. 저것들이 우리가 내기를
걸었던 그 군대인가?

오를레앙 우리가 배상금을 내라고 전령을 보냈던 그 왕인가?

부르봉 치욕이다. 영원한 치욕이다. 치욕 이외의 아무것도 아니다. 이
젠 명예의 전사를 합시다. 다시 한번 적진으로 진격합시다. 부
르봉을 따르지 않는 자는 가도 좋다. 모자를 손에 들고, 천한 뚜
쟁이처럼, 방 밖에서 망이나 보면서, 들개보다 못한 천한 영국
놈에게 사랑하는 딸이 겁탈 당하는 것을 가만히 보고 있으라.

군사령관 우리를 사지에 추락시킨 파멸이여, 지금은 우리 편에 서다오!
자, 목숨을 걸고 돌격이다.

오를레앙 우리 군에는 아직도 살아 있는 자가 다수 있다. 새로운 작전
지시로 적절한 조치를 강구하면, 충분히 영국군을 압도할 수 있

을 것이다.

부르봉 작전 지시를 기다릴 시간 없다! 나는 돌격이다. 목숨은 짧을수
록 좋다. 그렇지 않으면, 치욕이 길어진다. (일동 퇴장)

제6장 전쟁터 다른 장소

헨리 왕이 중신들과 포로들과 함께 등장. 엑서터와 기타 등장.

헨리 왕 동포들이여, 잘 싸웠다. 그러나 싸움은 아직도 끝나지 않았다.
프랑스군이 전쟁터에 남아 있기 때문이다.

엑서터 요크 공으로부터 폐하에게 안부 전합니다.

헨리 왕 숙부는 살아 계신가? 나는 그분이 한 시간 사이에 세 번 쓰러지고
세 번 일어나서 싸우는 것을 보았다. 갑옷에서 박차까지 온통 피투
성이였다.

엑서터 그 상태에서 지금 그 공작은 누워 계십니다. 풀밭이 피로 비옥
해지고 있습니다. 그리고 그 옆에는 그의 전우가 되어 명예의
부상을 함께 입은 서퍽 백작도 누워 계십니다. 서퍽 백작이 한
발 먼저 돌아가셨습니다. 만신창이가 된 요크 공이 피바다에 몸
을 적시고 서퍽 백작 곁에 왔을 때, 그의 턱수염을 잡고 안아서
일으킨 후, 얼굴에 딱 벌린 입을 통해 피를 뿜어대는 상처에 입
을 맞추고, 큰소리로 외쳤습니다. "기다려라, 서퍽, 나의 영혼

도 지금 너의 영혼을 따라 천당으로 가고 있다. 그러니 기다려라. 우리는 친구가 아닌가. 함께 날개를 펴고 날아가자. 이 영광스러운 싸움터에서 함께 기사도를 발휘해서 싸웠으니 함께 가세." 이 말을 듣고 저는 요크 공 옆으로 달려갔습니다. 그를 격려하자, 공작은 생긋 웃으시면서 한 손을 내밀며, 저의 손을 간신히 잡으시고 말했습니다. "엑서터 공, 폐하에게 안부를 전하시오." 이렇게 말한 후, 서픽 쪽으로 향해, 그의 목을 상처투성이 손으로 감고, 입술에 입을 맞추었습니다. 이렇게 해서 그는 죽음의 신과 한 몸이 되었습니다. 피로서, 고결하게 산화(散華)하는 우정의 유서를 봉인했습니다. 아름답고 뭉클해지는 그의 태도에 저는 하염없이 눈물을 흘렸습니다. 사나이로서 창피한 일인 줄 알면서도, 어머니로부터 물려받은 이 눈에서 눈물이 흐르게 놔두어야 했습니다.

왕　나는 너를 탓하지 않는다.

제7장　전쟁터 다른 장소

플루엘렌과 가워 등장.

플루엘렌　어린이를 죽이고, 하물까지 박살 내다니! 이것은 확실히 군사법 위반이다. 정말로 전대미문의 학살이다. 너의 양심에 걸어 말해보라. 그렇게 생각지 않는가?

가 워 어린이는 한 명도 살아남지 못했다. 전쟁터에서 도망친 야비한 놈들이 이런 잔혹한 살육을 했다. 뿐만 아니라, 이놈들은 우리 국왕의 천막을 태우고, 그 속에 있는 것을 몽땅 털어서 갔다. 그래서 당연하게도 폐하는 포로 놈들의 목을 쳤지. 국왕 헨리는 명군이셔!

플루엘렌 가워 대위, 그건 폐하가 몬머스에서 태어나셨기 때문이다. 알렉산더 머시기라는 왕이 태어난 도시 이름이 뭐라던가?

가 워 알렉산더 대왕이지.

플루엘렌 아니, "태"라는 말은 크다는 뜻이지? 그러니 큰 대 자나, 대왕이나, 위대한 왕이나, 거대한 왕이나, 아니면 장대한 왕이나 표현은 다르지만 결국 같은 뜻이 아닌가?

가 워 알렉산더 대왕이 태어난 곳은 틀림없이 마케도니아다. 그의 부친 이름은 마케도니아의 필립이라고 알고 있어.

플루엘렌 그래, 나도 알렉산더가 태어난 곳은 마케도니아라고 알고 있어. 알겠소, 대위. 세계지도를 보면, 마케도니아와 몬머스는 서로 비슷한 것이 있다는 것을 알게 되지. 마케도니아에는 강이 있어. 몬머스에도 강이 있어. 몬머스의 강은 와이강이지. 마케도니아에 있는 강 이름은 무엇인지 잊었네. 하지만, 그건 좋다. 두 강은 오른쪽 손가락과 왼쪽 손가락이 닮은 것처럼 똑같고, 양쪽 강에는 똑같이 연어가 있어. 그리고 알렉산더의 생애를 자세히 조사해보면, 몬머스의 해리의 생애와 비슷한 것을 알 수 있네. 사물에는 반드시 유사점이 있는 법이야. 알렉산더는 신이 알고 자네가 알듯이, 화가 나서 분개하고, 격노하여 분노하고 성깔을 부리고, 기분이 상해서 울적해지고 화가 치밀어, 취한 나머지 두뇌가 멍해져서, 알겠는가, 주석(酒席)에서 분을 못 참고 친구인 클레이토스를 죽였다.

가 워 해리 왕은 그 점에서 닮지 않았네. 친구를 한 사람도 죽이지 않았거든.

플루엘렌 여봐, 말 끝내기 전에 새치기해서 말허리를 꺾으면 못써. 나는 다만 유사점, 비교점을 얘기하고 있을 뿐이야. 알겠는가. 말하자면 알렉산더는 주석에서 술에 취해 친구 클레이토스를 죽였다. 해리 몬머스도 똑같이, 맑은 정신으로 올바르게 판단한 후, 배불뚝이에다 조끼를 꼭 끼게 입은 뚱보 기사를 추방했다. 그 사람은 농담과 악담이 능란한 조롱의 명인이었다는데, 나는 그 이름을 잊어버렸네.

가 워 존 폴스타프 경.

플루엘렌 맞다, 맞아. 하여튼 몬머스에는 인물이 계속 태어나네.

가 워 폐하가 오셨어.

나팔 소리. 헨리 왕, 부르봉 공작이 포로들과 함께 등장. 워릭, 글로스터, 엑서터, 그리고 기타 등장.

왕 프랑스에 온 이래로, 오늘 이 순간처럼 화가 난 적이 없다. 전령, 나팔을 들고 저 언덕에 있는 적의 기병이 있는 곳까지 달려

가라. 놈들한테 싸울 의지가 있으면, 내려들 오라고 말하라. 없으면, 전쟁터에서 사라지라고 말하라. 눈 뜨고 볼 수 없다. 어느 쪽도 아니라면, 우리가 쳐들어가겠다. 놈들을 옛날 아시리아의 석궁(石弓)에서 날아가는 돌보다 더 빨리 눈 깜짝할 사이에 퇴출시키겠다. 그리고 우리들에게 잡힌 포로들은 모조리 목을 치겠다. 우리가 자비를 베풀 놈들은 한 사람도 없다. 가서 전하라.

　　몽조이 등장.

엑서터　　프랑스의 전령이 왔습니다.

글로스터　전과 달리 눈빛이 겸손합니다.

왕　　　　웬일인가? 왜 왔는가, 전령? 배상금이라면 이 뼈를 보내기로 했지. 또 배상금 때문에 왔는가?

몽조이　　아닙니다, 위대하신 폐하시여. 저는 폐하에게 자비를 간청하러 왔습니다. 이 처참한 전쟁터를 돌아보고 우리 전사자들을 찾은 다음, 귀족과 평민을 식별한 후, 매장하도록 허락해주십시오. 우리 쪽 수많은 귀족들은 비참하게도, 용병들이 흘린 핏물 웅덩이에 잠겨 쓰러져 있습니다. 그리고 평민들은, 귀족들이 흘린 피바다 속에 더러운 수족을 적시고 있습니다. 그리고 상처 입은 말들은 엉겨 붙은 피 속에 발굽 돌기를 세우고, 성을 내며, 죽은 주인을 차면서 그들을 다시 한번 죽이고 있습니다. 위대하신 왕이시여, 싸움터를 안전하게 순회하며 시체를 치울 수 있도록 허락해주십시오!

왕   전령, 승리가 우리의 것인지 아닌지 아직 알 수 없다. 전령, 거 짓말이 아닌 것이, 너희들 기병들이 지금도 숱하게 들판을 달리 고 있는 것이 보이지 않는가.

몽조이   승리는 폐하의 것입니다.

왕   그렇다면 승리는 하느님 때문이지, 나의 힘 때문이 아니다. 저 기 서 있는 성 이름은 무엇인가?

몽조이   아쟁쿠르라 합니다.

왕   그렇다면 오늘의 전투를 성 크리스피안 날에 싸운 아쟁쿠르 전 투라 명명하자.

플루엘렌   황공하오나, 역사책에서 소생이 본 바로는, 고명하신 증조부 님과 종조부님, 웨일스의 에드워드 흑태자께서도 이곳 프랑스 전쟁터에서 가장 혁혁한 전과를 올렸습니다.

왕   그렇소, 플루엘렌.

플루엘렌   폐하께서 말씀하신 그대로입니다. 만약에 폐하가 기억하신다 면, 그때 우리 웨일스 군대는 부추가 무성한 들판에서 전공을 세웠습니다. 그때 몬머스 모자에 부추를 달았습니다. 폐하께 말씀드리고 싶은 것은 지금까지 부추는 그 당시 공적의 표시가 되고 있다는 사실입니다. 폐하께서도 성 데비 날에는 당당하게 모자에 부추를 달 것이라고 소생은 확신하고 있습니다.

왕   나도 기념할 만한 명예의 표시를 모자에 달기로 하겠다. 그대도 알고 있듯이 나도 웨일스인이다.

플루엘렌   와이 강의 물로 몽땅 씻어내도 폐하의 몸에서 웨일스의 피를 씻어낼 수는 없습니다. 이것만은 단언할 수 있습니다. 신이여, 그 피를 오래 간직하시도록 폐하께 축복을 내려주소서!

왕 고맙소, 동향인이여.

플루엘렌 예수 크리스트에게 맹세합니다만, 저는 폐하와 같은 고향 사람이고, 이 사실을 누가 알아주건 말건 상관하지 않습니다. 저는 이 사실을 전 세계에 공포합니다. 저는 폐하 때문에 부끄러울 일이 아무것도 없습니다. 신에게 영광을, 폐하가 정직한 인간이기에!

　　월리엄스 등장.

왕 신이여, 나를 언제까지나 선인으로 남게 하소서! 전령들이여, 이 사람과 함께 전쟁터로 가서, 쌍방의 전사자들 수를 조사해서 보고하라. 저 사람 이리 오라고 하라. (전령들, 몽조이와 함께 퇴장)

엑서터 병사, 폐하가 부르신다.

왕 병사, 너는 어째서 모자에 장갑을 꽂고 있는가?

월리엄스 폐하, 황송합니다만, 이것은 어떤 사나이와의 약속입니다. 그놈이 살아 있으면 나와 결투를 하게 되어 있습니다.

왕 그 사람은 영국 사람인가?

월리엄스 황송합니다만, 그놈은 어제 나에게 폭언을 퍼부은 악당입니다. 만약 그놈이 살아남아서 이 장갑을 제 것이라고 말하면, 나는 그놈의 귀쌈을 갈겨준다고 약속했습니다. 만약 그놈의 모자에서 내 장갑을 보면, 그놈은 살아 있는 동안 틀림없이 모자에 장갑을 꽂겠다고 무인답게 맹세했기에, 지금도 꽂고 다닌다고 생각합니다만, 그놈을 보면 싸대기 올릴 작정입니다.

왕 플루엘렌 대위, 그대는 어떻게 생각하나? 이 병사는 맹세를 지키겠는가?

플루엘렌 당연한 말씀입니다. 아니면, 황송하게도 저의 양심에 걸어 맹세합니다만, 그 자는 비겁한 놈이며, 악당이겠죠.

왕 그의 상대는 졸병 한 사람으로서는 감당 못 할 거물급 귀족인지도 몰라.

플루엘렌 비록 그의 상대가 악마의 왕 사탄만큼 거물급이라도, 아시겠습니까, 폐하, 맹세나 서약을 지키는 일은 중요한 일입니다. 만약에 맹세를 지키지 않는다면, 아시겠습니까, 폐하, 제 양심에 걸고 말씀드립니다만, 그의 명성은 순식간에 떨어지고 진흙발로 신의 땅, 이 땅덩이를 밟은 어떤 악당보다 더 나쁜 대악당입니다. 네, 정말입니다!

왕 그 사람을 만나면 반드시 너의 서약을 이행하게.

윌리엄스 폐하, 반드시 하겠습니다.

왕 너는 누구 부하냐?

윌리엄스 가워 대위의 부하입니다. 폐하.

플루엘렌 가워는 훌륭한 대장입니다. 병법을 터득하고, 병서에 통달한 사람입니다.

왕 병사, 그를 이곳에 호출하라.

윌리엄스 알겠습니다, 폐하. (퇴장)

왕   플루엘렌, 나 대신 자네가 이 물건을 모자에 꽂아주겠는가? 프랑
       스의 장군 알랑송과 싸울 때, 함께 쓰러진 순간 내가 그의 투구에
       서 빼앗은 장갑이다. 이것을 보고 도전하는 놈은 알랑송 편이며,
       우리 적이다. 그런 놈을 만나면 꼭 잡아오너라. 내 부탁이다.

플루엘렌   폐하는 저에게 신하로서 바랄 수 있는 최고의 영예를 주셨습
       니다. 아, 저는 그 사람을 만나고 싶습니다. 그놈도 두 다리 걸
       친 인간이겠죠. 그놈이 이 장갑을 발견한 것을 통절하게 후회하
       게끔 혼쭐내주겠습니다. 이것뿐입니다. 단 한 번이라도 좋으
       니, 그자를 만나도록 신의 은총을 빌겠습니다.

왕   그대는 가워를 아는가?

플루엘렌   저의 절친한 친구입니다.

왕   그를 찾아서 내 막사로 데려오게.

플루엘렌   알겠습니다. (퇴장)

왕   워릭 백작, 그리고 동생 글로스터 공작, 미안하지만, 곧 저 플
       루엘렌 뒤를 쫓아가게. 내가 표시로 건네준 장갑 때문에 뺨을
       맞는 일이 벌어질지도 모를 일이야. 저 장갑은 그 병사의 장
       갑이다. 내가 꽂고 다니겠다고 약속한 물건이다. 워릭, 뒤를
       쫓게. 그 병사가 그를 때리면, 아무래도 그의 솔직한 태도로
       보아 반드시 약속을 지킬 듯한데, 그렇게 되면 위험한 돌발사
       건이 날 수도 있어. 플루엘렌은 용감무쌍한 사람이니, 화가
       나면, 화약처럼 불을 뿜고 폭발할 사람이야. 언어맞으면, 즉
       시 반격할 사람이야. 뒤따라가서, 두 사람 사이가 무사히 끝

나도록 처리해주게. 엑서터 숙부님은 저와 함께 가십시다.

(퇴장)

제8장 헨리 왕 막사 앞

가워와 윌리엄스 등장.

윌리엄스 틀림없습니다. 대위님을 훈작사로 서훈할 생각으로 호출한 겁니다.

플루엘렌 등장.

플루엘렌 신의 뜻이다. 폐하의 뜻이다. 가워 대위, 빨리 왕에게 가게. 자네가 상상도 못할 좋은 일이 있을 모양이다.

윌리엄스 여보세요, 이 장갑을 아시나요?

플루엘렌 이 장갑을 아느냐고? 그래 장갑은 장갑이지.

윌리엄스 나는 그 장갑을 알고 있다. 그러니 이렇게 해줄 테다. (때린다)

플루엘렌 이것 봐라! 이놈, 반역자, 이 세상에도, 프랑에도, 영국에도 없는 대악당 반역자!

가 워 그만둬, 대위! 어떻게 된 영문인가, 이 악당아!

윌리엄스 서약을 어길 줄 아는가?

플루엘렌 방해하지 말게, 가워 대위. 반역자는 때려서 알아차리도록 해야 돼.

윌리엄스 나는 반역자가 아니다.

플루엘렌 거짓말! 폐하의 이름으로 이놈을 체포한다. 이놈은 적장 알랑 송 일당이다.

워릭과 글로스터 등장.

워 릭 이게 무슨 일들인가, 무슨 소동들인가?

플루엘렌 아, 워릭 백작, 방금 신의 은총으로, 아시겠습니까, 여름날 전 염병처럼 퍼지기 쉬운 모반이 발각되었습니다. 폐하가 오셨네.

헨리 왕과 엑서터 등장.

왕 이건 어찌 된 영문인가?

플루엘렌 폐하, 여기 있는 이놈은 그 반역자, 악당입니다. 이놈이 폐하 가 알랑송의 투구에서 뺏은 장갑을 보고 쳐들어 왔습니다.

윌리엄스 폐하, 이것은 저의 장갑입니다. 한쪽은 제가 지니고 있습니다. 이것을 교환했을 때, 상대방은 모자에 꽂겠다고 약속했습니다. 그리고 저는 이것을 보면, 주먹질하겠다고 말했습니다. 저는 저 의 장갑을 모자에 꽂고 있는 이 사람을 만났기 때문에, 약속대로 주먹다짐을 했습니다.

플루엘렌 황송하게도, 폐하 어전에서 말씀드립니다만, 이놈은 극악무도 한 거지 같은 더러운 악당입니다. 폐하가 저를 위해 증거를 대 고, 증인이 되시고, 증언하셔서 이 장갑이 알랑송 것이고, 폐하가 저에게 주셨다는 것을 말씀하시기를 희망합니다. 폐하의 양심으로 제발 입증하십시오.

왕 병사, 그 장갑을 다오. 봐라. 여기 한 짝이 있다. 네가 때린다고 약속한 사람은 바로 나였다. 병사는 나에게 지독한 폭언을 했어.

플루엘렌 황송합니다만, 폐하, 군법이 있는 한, 이 죄에 대해서 이 사람의 목을 쳐야겠습니다.

왕 나를 만족시킬 만한 회답이 있는가?

윌리엄스 폐하, 모든 죄는 사람의 마음에서 생깁니다. 하지만, 저의 마음에서 폐하의 노여움을 초래할 만한 죄가 생긴 일은 절대로 없습니다.

왕 자네가 우리들에게 폭언한 것은 사실이지.

윌리엄스 그 당시, 폐하는 폐하의 모습이 아니었습니다. 저에게는 보통 병사로 보였습니다. 밤의 장막과 폐하의 복장과, 비천한 사람 같은 태도가 증인이 됩니다. 폐하가 그런 모습으로 받은 모욕은 폐하 자신이 초래한 것이지, 저의 죄는 아니다라고 생각해주십시오. 그 당시, 폐하가 제가 생각한 보통 병사였다면, 저는 아무 죄도 없는 것입니다. 그러니 폐하, 저를 용서하여주십시오.

왕 숙부님, 이 장갑을 금화로 가득 채워서 이 사람에게 주십시오. 갖도록 하게, 병사여. 그 장갑을 명예의 표시로 모자에 꽂고 다녀라. 내가 도전하지 않고 있으니 말이네. 금화를 이 사람에게 주세요. 그리고 대위, 그대도 이 사람과 화해를 하게.

플루엘렌 이날과 태양을 두고 맹세합니다만, 이 사람은 뱃속에 담력이 있는 사람입니다. 여기 자네한테 줄 십이 펜스가 있네. 신을 섬기고, 싸움과 말다툼, 분쟁과 불화는 제발 피하도록 하게. 그래야만 자네 신상에 이롭다는 것을 나는 보장할 수 있어.

윌리엄스 당신한테 돈 받을 생각은 없소.

플루엘렌 나의 호의인데 받아요, 당신의 구두 수선비는 될 터이니. 부끄러워 마시오. 구두가 엉망이구려. 알겠소, 이 동전은 좋은 돈이오. 아니면, 바꿔주겠소.

　　　　영국군 전령 등장.

왕 아, 전령인가. 전사자 수는 파악했는가?

전 령 네, 프랑스군 전사자 총수입니다. (종이 쪽지를 준다)

왕 숙부님, 신분이 높은 포로 중에는 누가 있습니까?

엑서터 프랑스 왕의 조카 오를레앙 공작 샤를, 부르봉의 공작 존, 그리고 부시칼트 경입니다. 그 밖의 귀족, 남작, 훈작사, 준훈작사들은 평민을 제외하고도 천오백 명이나 됩니다.

왕 이 서류를 보면 전쟁터에서 쓰러진 프랑스군 장병은 그 수가 일만 명, 그 가운데서 공작이나 군기를 소유하고 있는 귀족은 백이십육 명, 훈작사와 준훈작사, 그리고 신분이 있는 신사를 합치면 팔천사백 명, 그 속에는 바로 어제 서훈된 사람이 오백 명 포함되어 있어요. 즉 적군이 낸 일만 명의 전사자 가운데 용병은 천육백 명밖에 안 됩니다. 나머지는 모두 공작, 백작 등의 귀족이요, 훈작사, 준훈작사 등 신분 있는 신사들입니다. 전사한 귀족들 명단 속에는 다음과 같은 이름이 있습니다. 프랑스 육군 사령관 샤를 델라브레, 프랑스 해군대장 사티옹의 자크, 석궁 대장 람뷔르 공, 프랑스 왕실 총감 용감한 기샤르 도핀 경, 알랑송의 공작 존, 브라반트의 공작 아토니 — 이 사람은 부르고뉴 공작의 동생입니다 — 그리고 바의 공작 에드워드, 중간층의 백작으로는 그랑프레, 루시, 포콘베르, 푸아, 보몽, 마알, 보드몽, 그리고 레스트랄. 너무나 훌륭한 귀족들이 나란히 함께 전사했습니다! 그런데 우리 영국군 전사자 수는? (전령이 또 다른 종이 쪽지를 준다) 요크의 공작 에드워드, 서퍽의 백작, 리처드 케를리 경, 준훈작사 데비 갬, 이름 있는 전사자는 이뿐이다. 다른 전사자를 포함해도 총수는 불과 이십오 명이니, 아, 이것은 신이 도와주신 은혜로다. 결코 우리들만의 힘으로는 안 되는 일이지. 오로지 신의 힘 덕분이다! 기습전법이 아니고, 당당하게 정면에서 맞서서 싸운 전투인데, 이토록 한쪽에는 대손실을 입히고, 다른 쪽은 경미한 손실인데, 이런 일이 일찍이 역사 속에 있었는가! 신이여, 승리의 영광은 오로지 당신 것입니다.

엑서터   신기한 일입니다!

왕   가자, 위엄을 갖추어 마을까지 행진이다. 전군에 고하라. 오늘 이 빛나는 영광은 오로지 신에게 돌려야 하는 것인데, 이 승리를 자신의 것으로 가로채며 자랑하는 자는 사형이다.

플루엘렌   황송합니다, 폐하, 몇 명 죽였는지 입 밖에 내도 죄가 됩니까?

왕　　그건 괜찮다. 그러나 대위, 그 경우에는 반드시 신이 우리를 도 왔다는 말을 첨부해야 한다.

플루엘렌　네, 양심에 걸고 맹세합니다만, 신은 우리를 위해 큰일을 했 습니다.

왕　　신에게 감사의 의식을 올리자. 성가 〈우리 힘이 아니다〉를 노래 하자. 〈신을 찬양하자〉를 노래하자. 전사자들을 정성스럽게 매 장하고 나서, 칼레로 향해, 영국으로 향해, 귀국의 길을 가자. 프랑스에서 이토록 행복한 마음으로 영국으로 돌아간 사람도 드물 것이다. (일동 퇴장)

제5막

코러스 등장.

코러스 이 이야기를 아직도 읽지 않으신 분을 위하여 실례를 무릅쓰고
감히 줄거리를 전달해드리겠습니다. 하지만, 이미 읽으신 분에
게는 이 이야기에 쌓인 긴 세월, 방대한 수량, 사건의 경과 등을
사실대로 이 무대에 재현할 수 없는 것을 용서해주시기 바랍니
다. 우선, 우리들은 국왕 헨리를 칼레로 모십니다. 괜찮으시지
요. 그곳으로부터 여러분은 상상의 날개를 타고, 영불해협을
눈 깜짝할 사이에 건너가려고 합니다. 보세요. 영국 해변에는
남녀노소들이 총출동하는 환영의 인파들이 내는 환성과 박수
소리가 국왕의 웅대한 행차를 예고하는 듯한 우렁찬 파도 소리
를 지우고 있습니다. 이렇게 해서 국왕은 상륙하셔서 위풍당당
하게 런던으로 행진하였습니다. 인간의 상상력은 빠르기도 해
서, 국왕은 어느새 런던의 교외, 블렉히스에 도착하신 것으로
상상하십시오. 그곳에서 귀족들은 상처투성이 국왕의 투구와
구부러진 칼을 앞세워서 장안을 누비고 가기를 희망했지만, 국
왕은 거절했습니다. 허영심과 자만심을 멀리해야 한다는 국왕
의 굳은 결심 때문입니다. 승리의 전공(戰功)과 영광은 모두 자
신의 것이 아니라, 신에게 바쳐야 하는 것이라고 생각했기 때문

입니다. 자, 여러분, 상상의 풀무에 바람을 잔뜩 넣어 런던 시민들이 모이는 광경을 보세요. 시장과 그의 동료들은 대례복으로 몸을 감싸고, 마치 고대 로마 원로원 의원들처럼 졸졸 따라붙는 평민들을 거느리며, 개선하는 시이저를 출영하러 빠른 걸음으로 가고 있습니다. 예컨대 계급은 국왕 헨리보다 못하지만, 시민의 사랑을 똑같이 받고 있던 우리들의 장군이(1599년 3월 27일 아일랜드의 타이론 반란군을 진압하기 위해 영국을 떠났던 엘리자베스 여왕의 충신 에식스 공이 동년 9월 반란군 진압에 실패하고 돌아온 고사를 언급하고 있음—역자 주) 여왕 폐하 명을 받들어, 아일랜드 토벌을 끝내고, 반역자를 칼끝에 꽂고 개선했더라면, 얼마나 많은 태평한 시민들이 그를 환영하러 뛰어나왔겠습니까! 그러나 그보다 나은, 훨씬 더 나은 이유로, 시민들은 국왕 헨리를 환영했습니다. 이렇게 해서 국왕은 런던에 한동안 계십니다. 프랑스 국민들이 국상(國喪) 중이라 편안히 계십니다. 드디어 신성로마제국 황제가 프랑스 왕을 대신해서 내방하고, 양국 간의 화평을 도모했기 때문에, 그리고 그 밖에도 여러 가지 일이 있었습니다만 생략하기로 하고, 국왕 헨리가 다시 프랑스로 돌아가는 시점까지 이야기를 진전시키려 합니다. 이렇게 시간의 경과를 여러분에게 알려드리는 것이 저의 역할입니다. 도중의 생략은 용서해주시고, 여러분의 상상력과 여러분의 눈을 프랑스로 향해주시기 바랍니다.

제1장 프랑스, 영국군 진영

플루엘렌과 가워 등장.

가 워 응, 그건 그렇고, 어째서 너는 오늘도 모자에 부추를 달고 있는 가? 성 데비의 제일도 이미 지나버렸어.

플루엘렌 세상만사에는 이유와 원인이 있는 법이다. 알겠는가,

가 워 나는 친구로서 자네에게 말하는데, 그 악독하고 더럽고, 거지 처럼 지저분한 허풍선이 놈 피스톨 말이다. 너만이 아니고 온 세상이 그놈 보고 별 볼일 없는 자식이라고 딱지를 붙이고 있는 데 말이다, 그놈이, 알겠는가, 어제 말이다, 나한테 빵과 소금을 갖고 와서 날 보고 부추를 먹으라는 거야. 딱하게도, 그 자리는 싸움판 벌일 곳이 못 되어 당장 넘어가긴 했지만, 나는 용감하 게 이 부추를 꽂고 그놈을 다시 만나게 되면 본때를 보여줄 참 이다.

피스톨 등장.

가 워 여기 온다. 칠면조 수놈처럼 우쭐대네.

플루엘렌 그놈이 우쭐대건, 수놈이건 상관없다. 이놈, 피스톨 기수 놈 아! 너, 이놈, 더럽고 치사한 악당 놈, 신의 자비를 빌라!

피스톨 핫! 거지 같은 트로이 놈! 내가 운명의 신이 되어 네놈 목숨을 끊어줄까? 미친놈! 꺼져라. 부추 냄새는 질색이다.

플루엘렌 이 악랄하고 징그러운 놈아, 나의 소망이요 간청이다. 이 부
추를 처먹어라. 왜냐하면, 알겠는가, 너는 부추를 싫어하기 때
문이다. 너의 입맛도, 식성도, 식욕도 부추와는 맞지 않기 때문
이다. 그러기에 너보고 이걸 먹으라는 거다.

피스톨 웨일스 왕 용맹스런 캐드월라더 놈이 염소 떼 다 준다 해도 못 먹
겠다.

플루엘렌 요것이 염소 한 마리 값이다. (때린다) 이놈아, 이걸 처먹어라!

피스톨 천한 트로이 놈, 너 죽었다.

플루엘렌 옳으신 말씀이다. 신이 원하면 누구나 죽는다. 하지만 그때까
지는 살아다오. 이 악당아, 살아서 이 부추를 먹어다오, 요건 양
념이다.(그를 때린다) 너는 어제 나를 시골뜨기 산적(山賊)이라고
말했지. 오늘, 나는 너를 납작하게 짓이겨놓겠다. 소원이다. 이
걸 먹어다오. 부추로 놀리면, 먹을 줄도 알아야지.

가 워 대위, 그 정도로 해두게. 이 사람 기절하겠다.

플루엘렌 좌우지간 나는 이놈에게 부추를 먹일 참이다. 아니면 이놈의
머리를 나흘 동안 내리 눕히겠어. 여봐, 부탁이다, 이것을 씹어
다오. 이 부추는 너의 상처와 너의 피투성이 대갈통에도 특효약
이다.

피스톨 내가 씹어야 해?

플루엘렌 그렇다. 의심할 여지없이. 의문의 여지 없이. 애매한 점도 없
이. 그렇게 해야 돼.

피스톨 이 부추에 맹세해서, 나는 반드시 복수를 하겠다. 나는 이 부추

를 먹고, 부추를 먹고, 맹세한다 ― .

플루엘렌　제발 먹어다오. 부탁이다. 부추에 양념 좀 쳐줄까? 맹세를 늘
　　　　어놓기에는 부추가 모자라는 모양인데.

피스톨　몽둥이는 치워. 내가 먹을 테니.

플루엘렌　이 지긋지긋한 악당 놈아, 이것이 너에게 보약이 되어 달라고
　　　　마음속으로 빌겠다. 부탁이다. 한 가지도 버리지 말라. 껍질은
　　　　상처 입은 대갈통에 좋다. 앞으로 부추를 다시 만날 기회가 있으
　　　　면, 부탁이다, 제발 부추를 업신여겨라, 내 부탁은 이것뿐이다.

피스톨　알겠다.

플루엘렌　알겠는가. 부추 맛 좋지? 자, 이거 받아두게. 대갈통 치료비
　　　　사 펜스다.

피스톨　사 펜스라!

플루엘렌　정말이지, 그것 받아두게나. 안 받으면, 내 호주머니 속에 있
　　　　는 부추를 아가리에 처넣겠다.

피스톨　보복하기 위해 사 펜스 받아둔다.

플루엘렌　너한테 빌린 것이 있으면 언제나 이 몽둥이로 갚아주마. 너는
　　　　장작 장수처럼 되겠구나. 나로부터 몽둥이 찜질 받으니 말일
　　　　세. 잘 가게. 하느님이 너를 보호하고, 너의 대갈통을 고쳐주시
　　　　기를 빌겠다. (퇴장)

피스톨　지옥을 총동원해서라도 이 복수는 하고야 말겠다.

가 워　적당히 해두게, 이 겁쟁이 놈아. 너는 명예를 존중한 나머지, 옛
　　　　용사를 기념해서 몸에 붙이고 다니는 조상 전래의 풍습을 비웃

는가. 그러면서도 자네가 한 말을 한 가지라도 실행에 옮기는 용기는 없단 말인가? 네가 저 대위를 우롱하고 비웃는 것을 나는 여러 번 보았다. 그 대위가 영국 사람처럼 영어를 말할 수 없기 때문에, 영국 사람처럼 몽둥이를 휘두르지 못한다고 생각하겠지. 큰 착각이야. 앞으로는 저 웨일스인의 곤봉 덕택으로 훌륭한 영국인의 근성을 갖도록 노력하게. 잘 가라. (퇴장)

피스톨 에이, 말괄량이 운명이여, 나를 속였구나? 여편네 넬도 프랑스 병 매독으로 병원에서 죽었다는 소식이 왔다. 그러니 상봉의 꿈도 깨졌다. 몸은 늙고, 팔다리가 시들어 곤봉으로 녹초가 된 명예를 되찾을 길이 없구나. 이렇게 된 이상 나는 매춘굴에서 남의 지갑 털면서 살 수밖에 없다. 영국으로 숨듯이 스며들어 훔치면서 살아가자. 몽둥이 상처에는 고약을 바르고, 그 상처는 프랑스에서 받은 명예의 부상이라고 떠들어대자. (퇴장)

제2장 프랑스 왕궁

한쪽 문으로 헨리 왕, 엑서터, 베드퍼드, 글로스터, 워릭, 웨스트모어랜드, 귀족들 등장. 다른 쪽 문으로 프랑스 왕, 왕비 이사벨, 카트린 공주, 알리스, 귀부인들, 부르고뉴 공작, 기타 종자들 등장.

헨리 왕 평화를 위한 이 모임에 화평함을 기원합시다! 형님과도 같은 프랑스 왕과 누님 같은 프랑스 왕비에게 건강과 행복한 나날을 빕니다! 한없이 아름다운 카트린 공주에게는 기쁨과 마음으로부터 우러나는 경의를! 그리고 이 모임이 성사되도록 힘써주신 프랑스 왕가를 계승한 부르고뉴 공작에게도 감사의 인사를 드립니다! 더욱이나 이 자리에 왕림하신 기라성 같은 프랑스 귀족 여러분에게 건강을 빕니다!

프랑스 왕 존경하는 형제의 나라 영국 왕을 뵙고 이렇게 기쁠 수가 없습니다. 영국의 귀족 제경들도 잘 오셨습니다.

프랑스 왕비 형제의 나라 영국 왕이시여, 지금 우리들이 용안을 뵙고 얻는 기쁨에 못지않게 이 좋은 날의 은혜로운 회합이 좋은 결과를 얻기 바랍니다. 국왕의 눈은 지금까지 그 눈을 보아온 프랑스인에게는 한 번 보면 사람 죽이는 괴물 바질리스의 힘을 갖고 있었습니다. 그런 눈초리의 독기가 무서운 힘을 잃고, 오늘 이 좋은 날, 슬픔과 전쟁이 사랑으로 변하기를 기원합니다.

헨리 왕 그러기 위해서 우리는 여기 왔습니다.

프랑스 왕비 영국의 귀족 여러분들 잘 오셨습니다.

부르고뉴 프랑스와 영국의 위대한 국왕 폐하! 저는 두 폐하에게 똑같은 애정으로 봉사하고 있습니다. 제가 지혜를 짜고, 고통을 감내하며, 갖은 노력 끝에 거룩하신 두 폐하를 판결과 회담의 이 자리에 모셔 온 것은 누구보다도 두 폐하께서 잘 알고 계십니다. 저의 노력이 이토록 결실을 맺었으니, 두 폐하께서 사이좋게 대면하여 인사를 나눈 이상, 양 폐하 면전에서 다음과 같은 질문을 해도 책망하지 마시기를 부탁드립니다. 도대체 어떤 장해가 있었기에, 어떤 방해가 있었기에, 예술의 모태이며, 풍요로움과 기쁜 탄생의 근원이 되는 "평화"가 가련하게도 벌거숭이가 되고 상처를 입은 채, 세계 최고의 정원인 우리 비옥한 프랑스 땅에 그 아름다운 얼굴을 보이지 않게 되었습니까? 슬프게도 평화는 오랫동안 프랑스로부터 추방되어, 그 곡식은 알알이 땅에 떨어져 방치되고, 농작물이 산처럼 쌓인 채 썩어가고 있습니다. 우리들 마음을 즐겁게 북돋아주는 포도는 따기도 전에 시들고, 정돈된 울타리는 멋대로 머리가 죄수처럼 자라서 어지럽게 잔가지를 뻗치고 있습니다. 손을 못 본 들에는 독보리, 독인삼, 악취를 뿜는 독초들이 자라고 있지만, 야생 잡초를 솎아낼 보습은 녹슬고 있습니다. 한때 점박이 앵초, 오이풀, 푸른 토끼풀들이 곱게 자라던 평탄한 목장도 지금은 낫질을 못 하고 손을 보지 않아 황폐해져서 추악한 수영이나 거친 엉겅퀴, 잡풀, 가시풀이 멋대로 뻗어서 아름다운 경치를 망치고 목장을 버려 놓고 있습니다. 이토록 포도밭과 유원지와 목장과 울타리가 본래의 기능을 잃으면 황야가 되듯이, 우리들의 집과 우리 자신, 우리 아이들도 나라에 어울리는 학문을 잊고, 여가가 없다는 구실로 학문을 태만하여, 피 흘리는 이외의 생각을 하지 않는 병사처럼 야만스러워졌습니다. 그들은 악담을 퍼붓고, 험상궂은 표정을 짓고, 남루한 옷을 걸친 채, 하는 일 모두가 부자연스러운 인간이 되어버렸습니다. 이런 모습을 버리고, 원래의 상태로 돌아가는 일이 이 모임의 목적입니다. 그래서 제가 알고 싶은 것은, 도대체 이 일을 방해하는 것이 무엇인가, 그리고 평화의 여신이 지금의 불행을 제거하고, 잃었던 우리의 행복을 찾아주지 못하는 이유는 무엇인가입니다.

헨리 왕　부르고뉴 공, 평화를 잃었기 때문에 공작이 지적한 대로 숱한 불편함이 생겼는데, 만약에 평화를 원한다면, 그 평화는 우리들의 정당한 요구를 전적으로 수용할 때, 얻을 수 있을 것입니다. 우리가 요구하는 내용과 세목은 서면으로 공작에게 전달했습니다.

부르고뉴　이미 프랑스 국왕에게 전달했습니다. 그 회답은 아직 얻지 못했습니다.

헨리 왕　그렇다면, 공작이 그토록 갈망하는 평화는 왕의 회답 속에 있구려.

프랑스 왕　실은 요구 사항을 급히 눈여겨봤을 뿐입니다. 영국 왕에게 부탁합니다. 즉시 위원을 선출해주십시오. 위원들과 동석해서 충분히 검토한 후, 즉시 회답을 드리겠소.

헨리 왕　그렇게 합시다. 그러면, 숙부님 엑서터, 동생 클래런스, 동생 글로스터, 그리고 워릭, 헌팅턴 여러분이 왕과 동행하시오. 요구 사항의 비준, 추가, 변경 등은 일체 그 권한을 위임합니다. 여러분의 탁월한 예지로서 나의 존엄성을 지키고, 우리들의 요구 내용과 그 밖의 것까지 합해서 모든 사항들을 유리하게 처리해줄 것이라고 믿고, 나는 기쁘게 결정을 따르겠소. 누님도 동행하시겠소, 아니면, 저와 함께 이곳에 계시겠소?

프랑스 왕비 형제인 폐하, 나는 여러분을 따라가겠습니다. 만일에 협상 내용이 난항을 거듭하면, 여인의 의견도 도움이 될 것입니다.

헨리 왕 다만 카트린 공주만은 우리와 함께 남아주시오. 공주는 우리가 요구하는 중요한 요구 조건 가운데서도 첫 번째 항목에 속합니다.

프랑스 왕비 기꺼이 허락하지요. (헨리 왕, 카트린, 알리스만 남고 일동 퇴장)

헨리 왕 아름다운 카트린이여, 이 군인에게 가르쳐주시오. 여인의 귀에 파고들어, 그녀의 부드러운 가슴에 사랑을 호소할 수 있는 그런 말을?

카트린 폐하는 저를 놀리시는 겁니다. 저는 영어를 못합니다.

헨리 왕 아, 아름다운 카트린, 당신이 프랑스 마음으로 나를 진정 사랑한다면, 영어가 아무리 서툴다 하더라도 나는 기쁜 마음으로 듣겠습니다. 케이트, 당신은 나를 좋아합니까?

카트린 미안해요, 나는 "좋아한다"는 말을 몰라요.

헨리 왕 케이트, 천사는 당신과 비슷하오, 당신은 천사를 닮았소.

카트린 (공주는 계속 프랑스어로 말한다—역자 주) 이분은 뭐라고 말하고 있는 거야? 내가 천사를 닮았다고?

알리스 (프랑스어로) 그렇습니다. 그렇게 말씀하시네요.

헨리 왕 그렇습니다, 당신이 천사를 닮았다고 말했습니다. 카트린, 그렇게 말한 것을 부끄러워하지도 않겠소.

카트린 어머나! 남자들이 하는 말은 모두 거짓말이야.

헨리 왕 뭐라고 말했어요? 남자들 말은 온통 거짓말이라고요?

알리스 네, 남자들 말은 허위로 가득 찼습니다. 공주님은 그렇게 말합니다.

헨리 왕 그렇게 말하는 것을 보니 공주는 벌써 훌륭한 영국 귀부인이오. 케이트, 나의 사랑의 고백은 당신이 듣기에 꼭 알맞은 것이고, 영어를 몰라서 오히려 좋았습니다. 만약 영어를 잘 알고 있었으면, 당신은 내가 논밭을 팔아서 왕관을 사들인 평범한 왕이라 생각할 것입니다. 나는 사랑의 말을 넌지시 할 줄 몰라요. 솔직 담백하게 "나는 당신을 사랑합니다"라고 말할 뿐이지요. 그러기 때문에 "정말로 나를 사랑합니까"라고 당신이 밀고 들어오면, 나는 사랑의 말이 궁색해집니다. 부탁입니다. 답변해주세요. 손을 마주 잡고 언약을 맺읍시다. 나를 사랑합니까?

카트린 실례입니다만, 저는 잘 모르겠어요.

헨리 왕 당신을 위해 시를 쓰고 춤을 추라면, 케이트, 나는 끝장이오. 시를 쓰자니 말도 모르고, 운율도 서툴러요. 춤을 추자니, 장단을 맞출 실력도 없지요. 완력을 쓰는 일이라면, 나는 해낼 수 있습니다. 개구리뜀을 뛰거나, 투구를 입은 채로 안장에 뛰어오르거나 해서 여인을 차지할 수 있다면, 자랑하는 것은 아니지만, 나는 즉시 아내를 맞이할 수 있습니다. 또한 연인을 위해서 싸우라면, 도살자처럼 덤벼들 것이고, 연인을 위해서 말을 뛰게 하라고 하면 곡예하는 원숭이처럼 말 등을 타고 달리면서 결코 떨어지지 않을 것입니다. 하지만 케이트, 하느님에게 맹세코 말하지만, 나는 상사병에 걸려서 창백한 얼굴로 한숨을 짓고, 숨 막히듯이 가슴속 아픔을 고백하며 멋진 글로 사랑을 선언할 수도 없어요. 다만 솔직하게 맹세할 뿐입니다. 그 맹세도 강요당해야 하는 것인데, 맹세한 이상 강요해도 파혼은 하지 않습니다. 이런 성격의 남자를 당신이 사랑할 수 있다면, 케이트, 얼굴은 새삼스레 태양에 그을리게 하지 않아도 검고, 거울에 비추어봐도 자랑할 게 하나도 없는 남자의 얼굴을 사랑한다면, 케이트, 당신의 눈으로 양념을 쳐서 나를 봐주시오. 솔직한 군인으로서 말합니다. 이런 남자라도 당신이 사랑할 수 있다면, 나의 아내가 되어주시오. 아니면, 나는 죽겠소. 진정 당신에게 이렇게 말합니다. 그러나, 맹세코 당신의 사랑때문에 죽는 것은 아닙니다. 그러나 나는 당신을 사랑하오. 사랑하는 케이트여, 당신이 살아 있는 동안에, 솔직하고 성실한 남자를 남편으로 맞이하시오. 그런 남자는 당신을 배반하지 않아요. 다른 곳에서 여자를 설득할 만한 재주도 없는 사람이기 때문이죠. 자신의 마음을 노래로 만들어 여인의 마음을 사로잡는 입담 좋은 남자들은 동시에 교묘한 말솜씨로 여자로부터 도망칠 수 있어요. 그런 웅변은 허튼소리죠! 그의 노래는 유행가입니다. 날씬한 다리도 언젠가는 시들어요. 곧은 허리도 언젠가는 구부러지고, 검은 수염은 희끗희끗 바래져요. 곱슬머리는 벗겨지고, 아름다운 얼굴은 주름투성이가 되며, 팽팽하던 눈은 푹 꺼집니다. 그러나 케이트, 성실한 마음만은 태양이나 달처럼 불변입니다. 아니, 달이 아니라, 늘 빛나고 변함없는 태양이죠. 늘 올바른 궤도를 달리는 태양입니다. 그런 남자를 남편으로 삼으려면, 나를 택하시오. 나를 택하는 것은 무인을 택하는 일입니다. 무인을 택하는 것은 왕을 택하는 일입니다. 내 사랑에 대해서 뭐라고 답변을 하시겠소? 말해주오, 나의 사랑, 케이트, 아름다운 사랑의 답변을!

카트린 프랑스의 적을 사랑할 수 있습니까?

헨리 왕 케이트, 안 됩니다. 프랑스의 적을 사랑할 수는 없습니다. 그러나 나를 사랑하면서 당신은 프랑스의 친구를 사랑하는 것입니다. 나는 프랑스를 너무나 사랑하는 나머지, 프랑스 마을 하나까지도 놓치고 싶지 않습니다. 프랑스를 몽땅 나의 것으로 만들고 싶어요. 그러니 케이트, 프랑스가 나의 것이 되면, 나는 당신의 것이오. 프랑스는 당신의 것이요, 당신의 것은 내 것이 되는 것입니다.

카트린 무슨 말씀인지 모르겠어요.

헨리 왕 모르겠다고? 그렇다면 프랑스어로 말하겠소. 내 프랑스어는 신혼한 아내가 남편 목에 매달려서 떨어지지 않는 것처럼, 내 혓바닥에 붙어서 떨어지지 않겠지만. 그렇다면, 에……(프랑스어로–역자 주) "내가 프랑스를 소유할 때, 그리고 당신이 나를 소유할 때", 그런 다음 뭐라고 말하나? 프랑스의 성자들이여, 도와주소서, "그때 프랑스는 당신의 것이 되고, 당신은 나의 것이 된다." 아아, 케이트, 이 이상 더 프랑스어를 말하는 것보다는 왕국 하나 정복하는 편이 더 편할 것 같아요. 나는 프랑스 말로 당신 마음을 사로잡을 수는 없을 듯하오. 웃음거리가 될 뿐이오.

카트린   실례입니다만, 당신이 말하는 프랑스어는 저의 영어보다 나은 듯합니다.

헨리 왕   그럴 리는 없소. 당신이 말하는 영어와 내가 말하는 프랑스어는 서툴지만, 진실을 전하고 있는 점에서는 같은 수준이오. 그러나 케이트, 이 정도 영어는 알고 있겠죠. "당신은 나를 사랑합니까?"

카트린   모르겠어요.

헨리 왕   케이트, 당신이 모르면, 누가 알겠소? 내가 물어보자. 봐요, 당신이 나를 사랑한다는 것을 나는 알고 있소. 밤이 되어, 당신이 방에 돌아가면, 시녀에게 나에 관해서 물어볼 겁니다. 그리고 케이트, 당신은 틀림없이 시녀에게 당신이 마음속으로는 사랑하는 나의 장점을 겉으로는 일부러 나쁘다고 말할 것입니다. 그러나 착한 케이트여, 나를 조롱하는 것도 한도가 있소. 당신을 사랑하는 나의 마음에는 한도 없고 끝도 없소. 당신의 나의 것이 되면, 그렇게 된다는 것을 나는 의심하지 않지만, 케이트, 나는 당신을 힘껏 싸워 쟁취한 것이 됩니다. 그러기 때문에 당신은 틀림없이 훌륭한 용사를 낳아줄 겁니다. 그러니 어떻소, 당신과 내가 각기 모국의 수호신인 성 데니스와 성 조지의 힘을 빌려, 프랑스와 영국의 피를 반반씩 이어받은 사내아이를, 말하자면, 콘스탄티노플로 원정 가서 터키 왕의 수염을 휘어잡고 포로로 잡아 오는 사내아이를 낳아봅시다. 어떻소, 아름다운 백합꽃 공주님이여?

카트린 모르겠어요.

헨리 왕 모르겠소? 모르면, 나중에 알게 됩니다. 지금은 약속만 하면 됩니다. 자, 케이트, 약속해주시오. 그런 사내아이의 프랑스 몫인 반은 당신이 노력해서 만들 것이라는 약속 말입니다. 영국의 몫인 나머지 반은 젊은 국왕인 내가 맡겠습니다. 자, 답변은 무엇입니까? 이 세상에서 가장 아름다운 카트린, 나의 친애하는, 거룩한 여신이여!

카트린 폐하는 프랑스에서 가장 정숙한 처녀를 속이기에 충분한 거짓 프랑스어를 하고 계십니다.

헨리 왕 거짓 프랑스어는 아무래도 좋아요! 내 명예를 걸고 진정한 영어로 말하겠소. 케이트, 나는 당신을 사랑하오. 똑같은 명예를 걸고, 당신이 나를 사랑한다고 말할 것이라고 단언할 수는 없소. 그러나 아무리 봐도 나의 볼품없는 얼굴을 젊은 여성들이 좋아할 리는 없지만, 당신이 나를 사랑할 것이라는 염치 좋은 기분에 빠져들고는 싶소. 이 얼굴 때문에 부친의 야심이 원망스럽습니다! 부친은 나를 낳을 때, 내란만을 생각하고 있었습니다. 그래서 나는 철판처럼 딱딱한 얼굴로 태어났습니다. 그래서 젊은 여성들에게 사랑을 고백하면, 여인들은 겁부터 냅니다. 그러나 케이트, 나는 나이를 먹어감에 따라 얼굴이 훨씬 볼 모양 있게 될 것입니다. 나의 위로는 미의 파괴자인 노령도 나의 얼굴만은 더 이상 손상시킬 수 없다는 것입니다. 만약에 당신이 지금 나를 남편으로 맞는다면, 당신은 최악의 상태에 놓여 있는 나를 받아들이는 셈이 됩니다. 그러나 나를 계속 남편으로 받아들이면, 당신은 점점 좋아지는 남편을 갖게 됩니다. 그러니 답변해주시오. 아름다운 케이트여, 나를 남편으로 삼겠소? 처녀의 수줍음은 지금 아무 소용이 없소. 여왕이 된 기상으로 가슴속 마음을 토로하시오. 나의 손을 잡고, 이렇게 말하는 겁니다. "영국 왕 해리, 나는 당신의 것입니다." 그 말로서 당신이 나의 귀를 축복해주시는 시간에 나는 우렁찬 목소리로 말할 것입니다. "영국은 당신 것이다. 아일랜드도 당신 것이다. 프랑스도 당신 것이다. 그리고 이 헨리 플랜태저넷도 당신 것이다." 헨리 자신이 스스로 말하는 것은 어색하지만, 나는 국왕으로서 최고의 존재는 아닐지 모르나, 친구로서는 최고의 남자가 된다는 것을 보장합니다. 자, 파격적인 음악으로 대답하시오. 당신의 목소리는 음악이요, 당신의 영어는 파격이기 때문입니다. 모든 사람의 여왕이시여, 카트린, 당신의 마음을 서툰 영어로 털어놓으세요. 나를 남편으로 삼겠소?

카트린 부왕께서 좋으시다면, 그러겠습니다.

헨리 왕 부왕은 좋다고 말할 것이오. 케이트, 부왕은 좋다고 말할 겁니다.

카트린 그렇다면, 저도 좋습니다.

헨리 왕 그 말에 당신의 손에 입을 맞추고, 당신을 나의 왕비라 부르겠소.

카트린 놔주세요, 폐하. 놔주세요, 정말이지, 폐하께서 천한 하녀의 손에 입을 맞추시다니요. 당신의 존엄을 더럽히지 마세요. 용서하세요, 부탁입니다. 나의 위대하신 폐하.

헨리 왕 그렇게 말한다면, 당신의 입술에 키스를 하자, 케이트.

카트린 부인이나 처녀가 결혼 전에 키스하는 것은 프랑스의 습관이 아닙니다.

헨리 왕 여보 통역 부인, 뭐라고 말합니까?

알리스 프랑스 부인에게는 그런 습관이 없다는 것입니다. 그런데 "베제(입맞춤의 프랑스어-역자 주)"를 영어로 뭐라고 하던가요? 저는 모르겠는데요.

헨리 왕 키스.

알리스 폐하는 저보다 더 잘 아시네요.

헨리 왕 프랑스 처녀에게는 결혼 전에 키스하는 습관이 없다고 말하는가?

알리스 그렇습니다.

헨리 왕 아, 케이트, 까다로운 습관도 위대한 왕자에게는 굴복해야 합니다. 사랑하는 케이트, 그대와 나는 한 나라의 보잘것없는 습관의 울타리에 갇힐 몸이 아닙니다. 우리들은 풍속 습관을 만들어내는 창조자예요. 케이트, 우리들의 지위에 뒤따르는 자유의 특권이 온갖 비방자들의 입을 막아줄 것입니다. 그것은 당신이 이 나라의 옹졸한 습관에 얽매어 나의 키스를 거부하더라도 내가 당신의 입을 막는 것과도 같소. 그러니 얌전하게 나의 말을 들어주시오. (그녀에게 키스한다) 케이트, 당신의 입술에는 마술이 묻어 있는가요? 프랑스 고관들의 혀보다는 당신의 달콤한 입술의 감촉이 훨씬 더 많은 웅변을 하고 있어요. 그것은 또한 국왕들이 연서한 청원서보다도 더 강렬하게 영국 왕 해리의 마음을 사로잡고 있습니다. 아, 그대의 부친이 오시네.

프랑스 왕, 왕비, 부르고뉴, 기타 귀족들 다시 등장.

부르고뉴 폐하, 공주님께 영어를 가르치고 계십니까?

헨리 왕 공작, 나는 공주에게 이 목숨 다 바쳐 사랑한다는 것을 가르치고 있어요. 그것이 훌륭한 영어가 되겠죠.

부르고뉴 공주님은 그 가르침을 받을 만한 소질이 있습니까?

헨리 왕 나는 말이 거칠고 성격이 상냥하지 못하오. 그래서 말씨도 마음도 아부할 줄을 모릅니다. 그 때문에 공주님 마음속에 사랑의 혼을 불러일으켜 사랑 본래의 모습이 되살아나게 할 수 없어요.

부르고뉴 솔직하게 농담으로 응수해도 용서하십시오. 폐하께서 주문 (呪文)으로 사랑을 불러내려면, 둥근 원을 그리지 않으면 안 됩니다. 그 원 속에 사랑이 본래의 모습이 되려면, 큐피드가 벌거벗은 맹인으로 나타나게 됩니다. 순결한 처녀의 장밋빛 수줍음을 지닌 공주의 마음속에 나체의 맹인이 나타나는 것을 그녀가 거부해도 무리는 아닙니다. 이 일을 공주님에게 인정토록 강요하는 것은 어려운 일입니다.

헨리 왕 그러나 사랑은 눈이 멀었어요. 억지를 쓰게 됩니다. 그러기에 눈을 감고 말을 듣지요.

부르고뉴 스스로 하는 일이 무엇인지 모르면, 용서받을 수 있습니다.

헨리 왕 그렇다면, 공작, 공주에게 눈 감고 승낙하는 법을 가르쳐주시오.

부르고뉴 네, 공주님이 승낙하도록 한쪽 눈 감고 신호를 하리다. 폐하께서 저의 의도를 공주님에게 전달하신다면 말입니다. 처녀들은 귀엽게 키우고, 여름의 성숙기를 지나면, 팔월 말 바솔로뮤 축제 때는 날파리처럼 눈뜬 맹인이 된답니다. 그렇게 되면 조종하기 쉬워지죠. 그전까지는 쳐다만 봐도 도망쳤습니다.

헨리 왕 그 비유는 나보고 무르익는 여름철까지 기다리라는 뜻이로군요. 여름이 끝날 무렵에는 파리를 잡을 수 있다는 말이죠. 그때가 되면, 맹인이 되어 있을 테니.

부르고뉴 네, 사랑은 사랑하기 전에는 눈이 멀게 되니깐요.

헨리 왕 그렇소. 여러분은 나를 눈멀게 한 사랑에 감사하시오. 내 길을 가로막아 선 아름다운 프랑스 여인 때문에 숱하게 많은 프랑스 도시를 볼 수 없게 되었으니.

프랑스 왕 폐하는 사시경(斜視鏡)을 통해서 세상을 보는 듯합니다. 프랑스 도시가 처녀 모습으로 보인다니 말입니다. 그것도 그럴 수밖에 없는 것이, 우리 도시들은 처녀의 성벽으로 견고하게 몸을 감싸고 있기 때문에 한 번도 전쟁이 뚫고 들어오지 못했습니다.

헨리 왕 케이트를 내 아내로 주겠습니까?

프랑스 왕 그렇게 하죠.

헨리 왕 좋소. 처녀의 도시들이 공주의 시중을 들고, 길을 가로막았던 처녀가 내 욕망의 길 안내를 해준다면, 일은 끝났소.

프랑스 왕 나는 도리에 어긋나지 않는 여러 조항들에 대해서는 이미 승낙을 해주었소.

헨리 왕 그런가, 영국의 제 경들이여?

웨스트모어랜드 프랑스 왕은 각 조항을 승낙했습니다. 우선 공주님 건과 그 밖의 조항에 대해서 이미 제시한 조건으로 결재하셨습니다.

엑서터 단, 한 가지 조항만은 아직도 승인을 안 했습니다. 폐하의 요구는 프랑스 왕이 임관서를 수여할 때, 반드시 폐하의 이름을 첨부해서 프랑스어나 라틴어로 "프랑스의 정통 왕위계승자이신 친애하는 아들 영국의 국왕 헨리"라고 써야 한다는 조건입니다만, 이것이 아직도 승인을 받지 못하고 있습니다.

프랑스 왕 그 조건을 내가 거부하고 있는 것은 아닙니다. 다만 폐하의 직접적인 요구를 듣고 결정하겠다는 뜻입니다.

헨리 왕 그렇다면, 사랑과 새로 맺어진 혼인 관계의 이름으로 그 조항도 똑같이 승인해주실 것을 부탁합니다.

프랑스 왕 공주를 아내로 맞으시오. 내 아들이여. 그녀의 혈통에서 내 자손을 얻으시오. 지금은 상대방의 행복을 시기한 나머지 창백한 얼굴로 해협 너머로 서로 대결하고 있는 프랑스와 영국의 왕국이 서로가 증오심을 버리고, 사랑으로 맺어진 인연이 서로의 가슴속에 깊은 우정과 기독교도에 어울리는 화해의 마음을 심어서, 영국과 프랑스 양국에 피비린내 나는 칼싸움을 두 번 다시 보이지 않도록 기원합니다.

　일동 아멘.

헨리 왕　자, 케이트, 환영하오. 여러분 증인이 돼주시오. 나는 지금 공주를 나의 왕비로 삼으며 입을 맞춥니다. (화려한 나팔 소리)

프랑스 왕비　모든 혼인을 이룩해주시는 하느님, 두 마음을 하나로, 두 영토를 하나로 맺어주십시오! 남편과 아내는 몸이 두 개지만 사랑하는 마음은 하나입니다. 두 왕국도 두 부부처럼 되기를 바랍니다. 축복받은 이 결혼의 잠자리를 위협하는 악의의 간섭과 무서운 의혹이, 굳게 맺어진 양국 사이에 끼어들어, 일심동체로 다져진 사랑의 끈을 단절하지 못하도록 해주소서. 영국인은 프랑스인으로서, 프랑스인은 영국인으로서, 서로가 화목하게 껴안게 하소서. 신이여, 아멘이라 말하소서.

　일동 아멘.

헨리 왕　결혼 준비를 합시다. 부르고뉴 공작, 우리들의 맹약을 약속하기 위해서 귀족 일동이 서약하는 그날, 혼례식을 올리도록 합시다. 그날 나는 케이트에게, 케이트는 나에게 사랑의 맹세를 합니다. 우리들의 맹세가 지켜지고, 영원히 번영을 누리도록 합시다. (나팔 소리. 일동 퇴장)

에필로그

코러스 등장.

코러스 여기까지 작가는 조잡 미숙한 펜을 긁어 숨 가쁘게 이야기를 전개시켰습니다. 이 작은 공간에 위대한 사람들을 가두어두고, 영광스럽던 생의 과정을 난도질해서 서술했습니다. 짧은 시간이었습니다만, 그 짧은 시간 속에서 영국의 별 헨리 5세는 찬란한 빛을 뿜었습니다. 운명으로 단련된 칼로, 세계 최고의 프랑스 정원을 수중에 넣고, 자손에게 세계를 지배하는 권한을 남겼습니다. 아들 헨리 6세는 어린 몸으로 부왕을 계승하여, 프랑스와 영국 두 나라의 왕이 되었습니다. 그러나 그를 둘러싸고 많은 사람들이 정권 싸움을 벌여, 프랑스를 잃게 되고, 영국에는 유혈이 흥건했습니다. 그 내력을 저희 무대는 간혹 보여드렸지요. 그러니, 애호하는 마음으로 이 연극도 전작처럼 잘 받아주세요. (퇴장)

셰익스피어 사극의 이해
〈헨리 4세〉(2부작) 〈헨리 5세〉 〈리처드 3세〉를 중심으로

1. 셰익스피어는 왜 사극을 썼는가

셰익스피어가 쓴 8편의 사극은 열거된 순서대로 영국 15세기의 정치사를 차지하고 있다. 그중 〈리처드 2세〉, 〈헨리 4세〉(2부작), 〈헨리 5세〉, 〈헨리 6세〉(3부작), 〈리처드 3세〉는 내용 면에서 서로 밀접한 연관성을 지니고 있다. 나머지 사극인 〈존 왕〉과 〈헨리 8세〉는 이들 작품과 관련을 맺지 않고 있다.

셰익스피어 사극의 창작연도는 다음과 같다.

제목	창작 연도	제목	창작 연도
헨리 6세 1부	1509	헨리 6세 2부	1591
헨리 6세 3부	1591	리처드 3세	1593
존 왕	1594	리처드 2세	1595
헨리 4세 1부	1597	헨리 4세 2부	1598
헨리 5세	1599	헨리 7세	1599

헨리 4세는 리처드 2세로부터 왕관을 빼앗아 랭카스터 가의 시조가 되었다. 1455년 랭카스터 가와 요크 가 사이에 시작된 장미전쟁은 1485년 헨리 7세가 리처드 3세를 살해하고 전쟁에 승리함으로써 종막을 고했다. 플랜태저넷 왕조는 리처드 3세로서 막을 내리고 헨리 7세의 튜더 왕조가 시작된 것이다. 셰익스피어 사극에서 다루어진 통치자의 이름과 통치 시기는 다음과 같다.

작품	통치 시기
헨리 2세 (플랜태저넷)	1154~1189
리처드 1세 (플랜태저넷)	1189~1199
존 왕 (플랜태저넷)	1199~1216
헨리 3세 (플랜태저넷)	1216~1274
에드워드 1세 (플랜태저넷)	1274~1307
에드워드 2세 (플랜태저넷)	1307~1327
에드워드 3세 (플랜태저넷)	1327~1377
리처드 2세 (플랜태저넷)	1377~1399
헨리 4세 1, 2부 (랭카스터)	1399~1413
헨리 5세 (랭카스터)	1413~1422
헨리 6세 (랭카스터)	1422~1471
에드워드 4세 (요크)	1471~1483
에드워드 5세 (요크)	1483(13세에 왕이 되어 2개월간 통치)
리처드 3세 (요크)	1483~1485
헨리 7세 (튜더)	1485~1509
헨리 8세 (튜더)	1509~1547

셰익스피어는 1580년대 말 장미전쟁에 관한 작품 구상을 하고 있었는데, 그가 주로 참고로 한 사서(史書)는 1587년 초판에 이어 두 번째로 출간된 『Raphael Holinshed's Chronicles of England, Scotland, and Ireland』이다. 이 책은 셰익스피어가 사극은 물론이고 〈리어 왕〉, 〈맥베스〉, 〈심벨린〉을 쓸 때에도 참고한 자료집이다. 셰익스피어는 홀린셰드가 그의 역사책을 엮는 데 도움을 받은 1548년에 출간된 장미전쟁에 관한 사서인 에드워드 홀(Edward Hall)의 저서 『The Union of the Two Noble and Illustre Families of Lancaster and York』를 참고했다. 이 책은 셰익스피어가 특히 「헨리 6세」를 집필할 때 크게 의존한 자료이다. 셰익스피어가 역사극 집필을 구상한 첫 번째 동기는 그의 관객들을 포함해서 튜더 시대 영국인들의 역사에 대한 깊은 탐구심 때문이라 할 수 있다. 엘리자베스 시대에는 이 경향을 반영해서 수많은 역사책이 발간되었다.[이 문제에 대한 흥미로운 자료는 다음과 같다. 베넷(H.S. Bennet)의 저서 『English Books and Readers, 1558~1603』(Cambridge, 1965) 가운데 pp. 214~220의 내용과 라이트(Louis B. Wright)의 저서 『Middle-Class Culture in Elizabethan England』(Chapel Hill, North Carolina, 1935) 가운데 pp.297~338의 내용을 참조하면 될 것이다]

셰익스피어 사극 창작의 두 번째 동기를 우리는 극작가의 예술적 포부와 그 당시 극장 경영의 측면에서 찾아볼 수 있다. 1615년 이전에 9개 공중극장이 런던에서 문을 열었다(The Theatre(1576), The Curtain(1577), Newington Butts c.(1579), The Rose(1587), The Swan c.(1595), The Globe(1599, 1614 재건), The Fortune(1600, 1621 재건), The Red Bull(1605), The Hope(1613)). 이토록 극장이 많이 생기다 보니 공연 횟수가 많아지고, 관객 수가 늘어났

다. 그만큼 희곡작품의 수요가 급증했다. 작품 생산의 속도가 빨라지고, 연극 활동의 활성화로 발표되는 작품의 수가 늘어났다. 이를 입증하는 자료를 우리는 『Henslowe's Diary』(edited by R. A. Foakes and R.T. Rickert, Cambridge, 1961)와 『Documents of the Rose Theatre』(edited by Carol Chillington Rutter, Revels Plays Companion Library, Manchester, 1984)에서 얻을 수 있다. 헨슬로의 기록은 당시 극작가들이 영국 역사 속에서 희곡 창작의 자료를 찾는 내용에 관해서 귀중한 자료를 제시하고 있다. 이 극작가들이 자료를 얼마나 섭렵했는지에 대해서는, 그 세기가 끝날 때쯤되어서 노르만 정복부터 튜더 시대에 이르는 왕조에서 희곡작품으로 다루어지지 않는 통치자가 없을 정도가 되었다는 사례를 보면 당시 극작가들의 사극 집필 의욕을 짐작할 수 있다. 역사극에 대한 국민적 관심은 16세기 후반 영국에서 국민의 자의식과 긍지를 높이는 결과를 초래했으며, 영국 문예진흥의 활력을 제공하는 원천이 되었다. 국민들은 과거 역사를 알려고 했으며, 극작가는 그 욕구를 충족시켜주었다.

셰익스피어가 사극을 쓰게 된 세 번째 동기는 엘리자베스 시대 국민들의 정치적 관심 때문이다. 희극의 형식이 사회적 인간에 대한 관심에서 비롯되고, 비극의 형식이 도덕적이며 윤리적 인간에 대한 관심에서 생겨났다면, 역사극은 인간의 정치적 행위나 권력욕 또는 권력의 획득과 그 상실에 대한 인간의 반응을 다루는 데 적합하다고 할 수 있다.

영국사에서 권력은 왕위를 의미했다. 그것은 또한 권력의 확대와 인간 능력의 한계 사이의 어떤 관계를 의미했다. 셰익스피어는 사극을 쓰는 데 있어서 역사를 이용했다. 그의 이용 방법은 역사적 사실을 선택하고, 재구성하며, 축소하고 확대하는, 그리고 때로는 추가하는 일이었다. 그의 목적은 정치의 본질적 문제에 접근해서 정치가 인간에 미친 영향이 무엇인가를 탐구하는 일이었다. 셰익스피어는 그의 사극에서 끊임없이 묻고 있다. 역사란 무엇인가. 권력이란 무엇인가. 인간 사회의 질서는 어떻게 유지되어야 하는가. 지나친 권력욕은 폭력과 배신과 잔혹한 죽음을 유발하는 온상이 아닌가.

2. 작품론

1) 리처드 3세

〈리처드 3세〉는 1471년 에드워드 4세가 왕위에 오르는 것으로 시작해서 요크 집안의 마지막 왕인 리처드 3세가 1485년 보스워스 전투에서 패배하는 것으로 끝난다. 〈리처드 3세〉는 1597년 10월 20일 작품등기소(Stationers' Register)에 등록되었다. 최초의 폴리오판(the First Folio) 이전에도 5개의 쿼토판(Q2, 1598; Q3, 1602; Q4, 1605; Q5, 1612; Q6, 1622)이 출판되었는데 이 같은 연속 출판은 그 당시 이 작품의 인기도를 말해주고 있다. 이 작품으로 〈헨리 6세〉의 연작 희곡이 마무리된다. 〈리처드 3세〉는 1592년부터 1593년 사이에 집필되었을 것이라고 추정되고 있다. 이 작품은 1592년에 완성한 〈헨리 6세〉와 밀접한 연관이 있기 때문에 그 작품이 끝난 1592년 이후에 시작되었다고 추측하는 것이다. 〈리처드 3세〉는 리처드 3세가 집권한 전후 14년 동안의 왕조사를 치밀한 구성으로 압축해서 보여주고 있다. 극 초반의 헨리 왕의 장례식(1471),

앤 왕비에 대한 리처드의 구애(求愛)(1472), 런던 탑에서의 클래런스의 살해(1478), 에드워드의 죽음(1483), 버킹엄의 반란(1483) 등 역사적 사건들이 작품 내용으로 구성되어 있다. 다만 마거릿 왕비의 역할은 역사 외적 사실의 추가이다. 주요 소재는 홀린셰드의 영국사다.

극 첫머리에 독백의 방법으로 리처드의 악한 성격을 부각시키면서 셰익스피어는 리처드가 작품의 3분지 1을 차지하도록 만들고 있다. 셰익스피어는 극 초반에 리처드의 성격 창조를 위해서 중요한 사실을 재구성하여 도입하고 있다. 초반의 에피소드에서 그는 1471년 헨리 6세의 장례식, 1472년의 안 네빌과의 결혼, 1478년의 클래런스의 투옥, 1483년에 있었던 에드워드의 마지막 병환 등을 한꺼번에 압축해서 다루고 있다. 이 사건들을 끌어들이면서 셰익스피어는 리처드를 역사를 지배하는 주인공으로 부각시키고 있다. 에드워드 4세는 단 한 장면, 임종의 자리에만 나타난다. 그는 22년간 왕위에 있었는데 그의 이름을 딴 사극은 한 편도 없다. 그는 플랜태저넷 왕가에서는 치적이 많은 훌륭한 왕이었다. 1956년에 있었던 인터뷰에서 미국의 극작가 손튼 와일더는 역사와 극에 관해서 흥미 있는 얘기를 하고 있다. 그는 말한다. "소설은 과거의 얘기를 다루고 있지요. 역사책도 마찬가지입니다. 연극의 시간은 언제나 '지금'입니다. 작중인물은 과거와 미래 사이에 있는 현재의 면도날 위에 서 있는 것입니다." 셰익스피어는 에드워드 4세보다는 리처드 3세가 영국사의 페이지에서 벗어나 영원한 '현재' 속에서 관객과 호흡을 함께하도록 만들었다. 역사에서 뛰어나온 리처드가 역사의 테두리를 벗어나서 동시대적 인간으로 되살아나고, 추상화되고, 개념화되고, 상징화되는 경우이다. 셰익스피어는 정치의 본질적

의미를 해명하기 위해서 리처드라는 악마적 인간이 필요했던 것이다.

연극 〈리처드 3세〉의 자료가 된 역사적 사실의 기술은 이 시점에서 중요하다고 본다. 1450년대에 요크 공작 리처드는 사촌 헨리 6세의 왕권에 도전하고 있었다. 1460년 12월, 헨리의 왕비 마거릿은 과격한 성격의 인물이었는데, 군대를 모아 웨이크필드에서 리처드 공작을 패퇴시키고 그를 살해한다. 또한 이 전쟁에서 요크 가의 두 번째 아들 러틀랜드 백작이 사망했다. 요크 집안에는 나머지 세 아들이 살아남았다. 에드워드(18세), 조지(11세), 그리고 리처드(8세)가 그들이다. 웨이크필드의 싸움이 지난 3개월 후 1461년 3월 요크 일파의 워릭 백작 리처드 네빌 등의 충신들에 의해 에드워드가 왕위에 올랐다. 몇 주가 지난 다음, 에드워드와 워릭은 랭카스터 집안에 결정타를 가해 헨리와 마거릿을 쫓아내고 요크파의 왕관을 확고하게 만들어놓았다.

에드워드는 영국을 다스리게 되었고, 동생 조지와 리처드는 각각 클래런스 공작과 글로스터 공작이 되었다. 그는 또한 우드빌 출신의 아름다운 귀부인 과부 엘리자베스와 결혼했다. 워릭은 프랑스 왕의 처제와 에드워드의 혼사를 성취시키기 위해 노력하고 있었는데, 에드워드는 비밀리에 엘리자베스와 결혼을 했다. 왕의 결혼은 워릭을 당황하게 만들었고, 그를 괴롭혔다. 이 때문에 에드워드는 그의 최고 지지자 워릭을 경원하게 되었다.

왕비의 지원을 받은 그레이 가와 우드빌 사람들은 에드워드 궁전에서 영향력을 발휘하게 되었다. 에드워드는 외교정책에 관한 워릭의 충언을 묵살했다. 이것이 화근이 되었다. 1469년부터 1470년까지 에드워드 왕의 최고 참모가 그에게 반기를 들었다. 클래런스를 그의 장녀 이사벨과 결혼시키면서 그를 측근에 끌어들인 왕비 마거릿과 연합전선을 펴 에드워드를 추방하였다. 그는 유형의 길에 나서게 되었다. 워릭은 대부분의 시간을 런던 탑 속에 갇혀 있던 불쌍한 헨리 6세를 왕위에 오르게 했다. 헨리 6세의 복위는 단명으로 끝났다. 충실한 동생 글로스터 공작 리처드의 지원을 받은 에드워드는 클래런스 공작 조지와 합세해서 1471년 영국으로 돌아와서 왕국을 다시 차지했다. 워릭은 바넬 전투에서 4월 14일 패배하고 살해되었다. 5월 4일 마거릿은 튜크스베리에서 패배하고 포로가 되었다. 그 이후에 있었던 전투에서 헨리와 마거릿의 외아들 랭카스터의 에드워드가 사망했다. 튜크스베리 전투가 있은 지 며칠 후, 또다시 런던 탑의 죄수가 되었던 헨리 6세가 암살되면서 랭카스터 집안은 몰락하게 된다. 그의 암살에 대해서는 에드워드가 죽였다는 설과 글로스터 공작 리처드가 죽였다는 설이 있다.

1471년 5월, 에드워드는 편안하게 왕위에 다시 오르게 되었다. 그 이후 12년간 그는 왕국의 통치를 만끽했다. 그는 40세 때 신체적 발작으로 급사했다. 그는 미식가였고, 색한이었다. 명성을 떨친 런던 상인의 아내였던 그의 정부 제인 쇼어는 〈리처드 3세〉에서 언급되고 있다. 에드워드는 나라 경제를 잘 보살펴서 나라의 재정이 튼튼해지고 국력이 튼튼해졌다. 에드워드는 현실적인 사람이었다. 그의 통치 기간에 영국은 장미전쟁의 후유증을 말끔히 씻을 수 있었다. 나라의 질서도 회복되었다.

헨리 6세의 무능한 통치력으로 쇠퇴한 나라의 명예가 에드워드 왕에 의해 회복되었다. 그는 키도 늘씬하고, 미남인 데다, 사치스러운 옷을 즐겨 입었다. 그러나 왕권은 엄했다. 왕의 명령은 절대복종이었다. 그는 심지어 프랑스에 대한 불가침 공약 대가로 루이 11세로부터 조공을 받기도 했다. 리버스와 리처드는 왕에 대한 반란을 제압하는 막중한 임무를 성공적으로 수행하고 있었다.

에드워드가 아들이 성년이 될 때까지 살 수만 있었다면 문제는 없었을 것이다. 그의 측근들도 클래런스를 빼놓고는 모두가 충성을 맹세하고 있었다. 에드워드는 두 아들을 얻는 등 결혼생활은 안정되어 있었다. 그들은 태자 에드워드(1470년생)와 요크 공작 리처드(1473년생)였다. 딸은 다섯이었다. 이 가운데 가장 중요한 딸이 엘리자베스(1466년생)였다. 왕비 엘리자베스는 궁전에 친척들을 수없이 불러들였다. 형제자매는 물론이요, 그녀의 전 남편 사이에 낳은 두 아들도 그 속에는 포함되어 있었다. 이들은 관직을 얻고 부를 축적했다. 이들은 이른바 벼락치기 귀족들이었다. 에드워드가 임종을 맞이할 때, 이들은 막강한 권력을 휘둘렀지만 국민들의 신망은 얻지 못했다. 왕비는 물론이고, 이들 우드빌 일당 가운데서 유별나게 네 명의 귀족이 리처드 3세의 이야기 속에 개입한다. 한 사람은 엘리자베스의 동생 앤서니로서 1469년 리버스 백작이 된다. 또 한 사람의 형제는 에드워드 우드빌이었으며, 나머지는 왕비와 전 남편 사이의 아들인 토머스 그레이와 리처드 그레이였다.

궁전에서는 윌리엄 헤이스팅스가 중심 역할을 하고 있었다. 그는 1460년부터 에드워드와 고난을 함께했다. 그는 왕의 최고 상담역이요 절친한 친구였다. 리버스는 그를 질투하고 있었다. 도싯과 헤이스팅스는 개인적으로 암투를 벌였다. 우드빌 일파들은 전반적으로 헤이스팅스가 왕과 친밀한 관계인 것에 대해 불만이었다. 1482년 그들은 헤이스팅스를 곤경에 빠지게 해서 왕과 불화를 빚게 만들었다. 셰익스피어의 초기 작품에는 이 사건이 간혹 언급된다.

　리처드는 궁전에 잘 드나들지 않았다. 그는 왕국의 북방지역을 책임 지고 있었다. 그는 왕이 호출할 때만 런던에 왔다. 그는 에드워드가 40 세에 타계하리라고는 전혀 예상하지 못했다. 따라서 그가 일찍부터 왕 위를 넘보고 있었다는 튜더 쪽 얘기는 근거가 희박하다. 그는 유능한 행정가였다. 용감하고도 성공적인 장군이었다. 그는 주로 요크셔의 미 들햄에서 그의 아내 앤 네빌과 살고 있었다. 그녀는 남편이 죽은 후 일 년째 되는 해인 1472년에 그와 결혼했다. 앤과 자매인 이사벨(클래런스 의 아내)은 궁전에서 막강한 실세였다. 리처드는 한때 클래런스와 집안 재산 문제로 사이가 나빠졌지만, 1478년 클래런스가 처형될 때에는 그 의 구명운동에 앞장서는 우애를 보여주었다. 리처드는 우드빌 일당이 클래런스를 죽였다고 생각했다. 리처드는 우드빌 일당을 증오했다.

　클래런스는 리처드와 성격이 달랐다. 리처드는 왕의 신뢰를 얻는 충 성심을 보였지만 클래런스는 왕권을 탐하는 야심에 불타고 있었다. 그 래서 그는 한때 워릭의 반란에 가담하기도 했다. 에드워드가 왕권을 재장악했을 때에 살아남은 것만으로도 다행한 일이었고, 부귀영화를 누린 것은 행운이었다. 1470년대에 그는 리처드와 싸우면서 궁전을 어 지럽히고, 1477년에는 여자와의 스캔들로 에드워드의 마음을 아프게 했다. 그는 또한 하인에게 이사벨 살해의 무고한 죄를 뒤집어씌워 처 형하는 무분별을 보여주었고, 마술을 부린 죄로 그의 하인 한 사람이 에드워드에 의해 처형되었을 때에는 왕에게 노골적인 불만을 털어놓 았다. 결국 그는 케임브리지셔에서 반란을 시도했다. 왕 에드워드는 그를 반란죄로 체포했다. 1478년 2월, 그는 사형선고를 받고, 열흘 후

런던 탑에서 처형되었다.

클래런스 죽음의 책임 문제는 논란의 대상이었다. 튜더 시대에는 리처드가 비난의 대상이 되었다. 셰익스피어는 리처드가 왕권욕에 사로잡혀 그를 체포하고 처형하는 묘사를 작품 속에서 하고 있다. 사학자들 간에는 셰익스피어의 묘사에 대해서 불만을 표시하는 측이 있다(Peter Saccio, *Shakespeare's English Kings*, 1976, p.168 참조). 우드빌 일당이 이 일에 개입했다는 설이 신빙성이 있다고 보는 견해가 우세하다. 에드워드 왕에 대한 도전은 그들에 대한 최대 위협이었기 때문이다. 그러나 확실한 것은 클래런스 죽음의 최고 책임자는 에드워드였다는 사실이다. 그가 일을 시작했다는 것이 가장 유력한 학설이다. 에드워드는 그의 반대파를 누구든 용서하지 않았다.

에드워드 4세는 1483년 4월 9일 죽었다. 일 년 후에 그의 장남이 왕권 계승자로 선포되었다. 그러나 삼 개월 후, 글로스터 공작 리처드는 웨스트민스터 성당에서 리처드 3세가 되고 그의 아내 앤은 리처드의 왕비가 되었다. 에드워드는 어린 왕자의 보호자 역으로 요크 가의 유일한 법통인 리처드를 선임했고, 동시에 어린 왕자를 우드빌 일가의 손에 맡겨놓았다. 두 집단 사이의 왕권 쟁탈전이 시작되었다. 리처드는 북방지역이 근거지였다. 버킹엄은 남쪽이었다. 12세 된 왕자는 리버스가 맡고 있었다. 이들은 지리적으로 분산되어 있지만 셰익스피어는 무대 위에서 왕자만 빼놓고 모두 런던에 있도록 했다.

리처드와 버킹엄은 4월 29일 노샘프턴에서 만나 리버스, 토머스 본, 리처드 그레이 등을 체포하고, 어린 왕자를 우드빌 일당으로부터 격리시켰다. 리처드의 작전이 알려지자 궁전에는 소동이 일어나고 우드빌

쪽 가신들은 웨스트민스터 사원으로 피란길에 올랐다. 헤이스팅스는 환희에 넘쳐 리처드가 5월 4일 런던에 입성할 때까지 런던 시를 다스렸다. 리처드는 자신의 권력을 다져나갔다. 그는 런던 시민과 왕자의 신임을 얻었다. 하지만 튜더 가의 신화에 의하면 리처드는 오랫동안 왕권을 탐내다가, 에드워드 4세가 죽자 즉시 왕권에 도전했다는 것이다. 리처드는 그에게 반기를 들기 시작한 헤이스팅스를 6월 13일 체포해서 재판도 하지 않고 그를 처형한다. 그는 또한 리버스, 본, 그리고 그레이에게 사형선고를 하고 처형한다. 헤이스팅스와 이들에 대한 사형은 법적 정당성이 없었다. 리처드 3세는 암살자를 동원해서 조카인 왕자들을 살해했다. 셰익스피어는 이 얘기를 놓치지 않고 극화하고 있다. 이들 왕자들의 운명에 대해서는 확실한 결론을 내릴 만한 역사적 증거가 현재까지도 확보되지 못하고 있다.

1483년 가을, 우드빌 일당, 엘리자베스 우드빌, 도싯, 모턴, 버킹엄, 헨리 튜더 등에 의해서 리처드 제거를 위한 반란이 시도되었다. 이것이 왕자 잔존설의 근거가 되었다. 적어도 이 시점까지는 왕자가 살아 있었기 때문에 그들은 왕자 옹립을 위한 반란을 일으킬 수 있었다는 것이다.

리처드의 왕권 승계자인 아들이 1484년 4월에 죽었다. 앤 왕비가 1485년 4월에 죽었다. 리처드가 아내를 독살했다는 소문이 퍼졌다. 리처드 3세를 두려워하는 피난민들이 튜더 가의 헨리 곁에 모이기 시작했다. 모턴, 도싯, 존 드 베어 장군, 제임스 블런트, 스탠리 공 등이 지원을 약속하며 모여들었다. 1485년 8월 7일 헨리는 웨일스 지방의 밀포드에 상륙했다. 그가 웨일스 지방을 행군할 때 추종자들이 계속 늘어났다. 월터 허버트, 길버트 델, 라이스 등 실력자들이 헨리 캠프에 참여했다. 리처드도 군사를 모았다. 두 군데는 8월 22일 영국 중부지방, 라이셔스터셔의 보스워스에서 만났다. 상식적으로 보아 리처드의 승리는 당연했다. 32세였던 리처드는 18세 때부터 전쟁터의 경험을 했다. 리처드의 군세도 우세였다. 문제는 리처드 편에 가담하기로 한 지지자들이 관망세로 돌아섰다는 것이다. 뿐만 아니라 리처드 3세의 심복인 노펔 공작이 초전에서 전사해서 리처드 군대의 사기가 저하되고 동요가 극심해졌다. 설상가상으로 헨리 진영의 스탠리 공이 이끄는 기병대가 리처드를 측면으로 기습해서 그의 심복 장군들을 섬멸시켰다. 그 결과 리처드 3세는 이 싸움에서 참패하고 목숨을 빼앗겼다. 헨리는 튜더 왕조의 최초의 왕이 되었다. 그는 헨리 7세였다. 그는 요크 가의 엘리자베스와 결혼했다. 그리고 24년간 영국을 통치한다. 그의 왕조는 1603년까지 계속된다. 모턴은 캔터베리 대주교가 되었다. 그는 또한 토머스 모어의 절친한 친구가 되었다. 튜더 신화는 헨리 왕을 플랜태저넷 왕조의 혼탁한 정치에서 영국을 구한 현군으로 추앙하고 있다. 셰익스피어도 그를 하늘이 보낸 "징벌의 사자"라고 말했다.

헨리 7세에 이어 튜더가의 헨리 8세가 왕위에 올랐다. 헨리 8세는 모계 쪽이 플랜태저넷의 혈통을 잇고 있었지만, 한때 영국과 프랑스 그리고 웨일스 지방을 다스린 플랜태저넷 왕조의 혈통은 튜더 왕국에서는 사형선고나 다름이 없는 무용지물이 되었다.

플롯 시놉시스

1막 : 전쟁이 끝나고 평화로운 시대가 되었지만, 글로스터 공 리처드는 에드워드 4세가 왕위에 오른 것에 불만이었다. 그는 신체적인 불구였기 때문에 항상 열등감에 사로잡혀 있다. 그는 악인이 되어 악행을 저지르겠다고 결심한다. 그는 클래런스 공을 해칠 목적으로 'G' 로 시작되는 이름을 가진 자가 에드워드의 후계자를 살해할 것이라는 유언비어를 날조해서 퍼뜨린다. 이 때문에 클래런스 공은 런던 탑에 갇힌다. 리처드는 헤이스팅스 공으로부터 왕이 중병에 걸린 사실을 알게 된다. 리처드는 왕권을 장악하기 위해 자객을 보내 클래런스를 살해한다.

리처드는 앤에게 구혼한다. 앤의 남편을 살해한 사람은 리처드였다. 앤의 남편 부친인 헨리 6세도 그가 살해했다. 그러나 리처드는 욕설을 퍼붓는 앤을 끝까지 설득해서 그녀에 대한 사랑 때문에 온갖 악행을 저지르게 되었다고 말한다. 앤은 설득당하고 그로부터 약혼 반지를 받아 곧 결혼이 가능해진다. 한편 궁정에서 리처드는 왕비와 리버스, 그의 아들 그레이 공과 말다툼하며 사이가 나빠진다. 리처드가 고용한 두 자객은 감옥에 갇힌 클래런스를 살해한다.

2막 : 중병에 걸린 에드워드는 왕실의 화평을 위해 마거릿 왕비와 그의 친척들이 헤이스팅스 공과 버킹엄 공작과의 우의를 다지도록 맹세를 받아낸다. 리처드도 외면적으로는 이런 화해 장면에 가담하지만 클래런스가 살해당했다는 소식은 왕실의 분위기를 어둡게 만든다.

에드워드 왕이 서거하자, 두 진영의 화평이 무너지고, 왕위는 어린 태자에게 계승된다. 리버스, 그레이 그리고 토머스 본 경이 웨일스로 가서 태자를 런던으로 모셔올 예정이었는데 도중에 이들은 리처드와 버킹엄에 의해 체포당한다. 에드워드 왕의 미망인인 엘리자베스 왕비와 리처드의 모친은 이 소식을 듣고 깜짝 놀라서 가족들과 함께 피난처에 숨는다.

3막 : 에드워드 왕자는 리처드와 버킹엄과 함께 런던에 도착하지만, 그는 형제 요크 공과 함께 런던 탑 감옥에 연금된다. 리처드와 버킹엄은 윌리엄 캐츠비를 헤이스팅스에게 보내, 만일에 리처드가 왕위에 오르면 헤이스팅스는 어떤 태도를 취할 것인지 그 반응을 알아본다. 헤이스팅스는 캐츠비에게 리처드가 왕권을 잡는다면 죽는 것이 낫겠다고 말한다. 스탠리 공은 헤이스팅스에게 리처드를 조심하라는 경고를 한다. 그러나 헤이스팅스는 그의 충고를 무시한다. 그날, 늦게, 런던 탑에서 회의가 개최되었을 때, 헤이스팅스는 리처드의 비난을 받고 형장에 끌려나간다. 그때 비로소 헤이스팅스는 스탠리의 경고가 옳았던 것을 깨닫는다. 리버스, 그레이, 본 등이 처형된다. 리처드는 서거한 에드워드 왕이 부도덕한 색한이라고 비난하면서 그의 자손들이 사생아라고 말한다. 태자는 평민이라고 주장한다. 이 때문에 런던 시민들과 런던 시장은 리처드만이 왕위에 오를 수 있다고 믿는다. 그는 왕위에 오른다.

4막 : 앤은 웨스트민스터로 가서 왕비가 된다. 리처드 왕은 버킹엄에게 두 왕자들을 런던 탑에서 살해하라고 명령한다. 그가 차지한 왕권에 대한 위협을 제거하기 위해서였다. 버킹엄은 그의 제의에 반대한다. 그는 리처드에 반기를 든 리치먼드 군에 합류하기로 결심한다. 왕자의 살해 임무는 티렐이 맡고, 앤 왕비 살해는 캐츠비가 맡는다. 이 일은 리처드가 지시한 대로 수행되었다. 두 왕자는 살해되고, 앤 왕비는 죽음을 당한다. 리치먼드 군대가 밀포드에 진주한다. 리처드는 보스워스 들판에서 결전을 준비한다. 버킹엄은 불운하게도 체포되어 처형되었다.

5막 : 결전을 앞둔 전날 밤, 리처드에게 희생된 한 많은 망령들이 리처드의 꿈자리에 나타난다. 이들 망령들은 리처드의 패배를 예언한다. 리처드는 끝까지 대항해서 싸우지만 결국 리치먼드와의 결투에서 살해된다. 리치먼드는 헨리 7세가 되어 왕위에 오르며, 요크 집안의 엘리자베스와 결혼해서 장미전쟁은 종막을 고하게 된다.

작품 평가

해럴드 블룸(Harold Bloom)이 편찬한 『셰익스피어 사극론』에는 로시스터(A.P. Rossister)가 쓴 명논문 「뿔 달린 천사 : 리처드 3세론」이 실려 있는데, 그는 이 작품의 플롯 전개를 다섯 부분으로 나누고 있다. 그의 분석은 이렇다.

첫 부분인 제1막은 다섯 주제를 다루고 있다. 리처드 자신, 구혼의 주제, 리처드와 적수들의 관계, 마거릿의 저주, 그리고 클래런스의 몰락과 죽음 등이다. 둘째 부분은 제2막과 제3막의 1장부터 4장이 된다. 이 부분에서 다루어지고 있는 주제는 에드워드 왕의 비효과적인 평화 중재, 리버스, 그레이, 그리고 본의 몰락, 왕자들에 대한 리처드의 공격적 행동 등이 된다. 세 번째 부분은 제3막 5장에서 제4막 3장을 차지한다. 이 부분의 중요한 내용은 글로스터와 버킹엄이 왕관을 노리는 계략이 된다. 앤이 왕비가 되고, 리처드의 왕자 살해 종용에 대한 버킹엄의 거절과 이 때문에 그에 대한 리처드의 반감과 살의의 표명도 중요하다. 엘리의 도주에 대한 리처드의 우려는 이 부분의 종막이 된다. 네 번째 부분은 제4막 4장에서부터 제5막 1장으로 연결되는 내용이 된다. 이 부분은 전에 다루어진 주제의 반복이 된다. 왕비의 긴 비탄의 장면, 마거릿의 저주의 반복, 구혼의 주제, 버킹엄의 인과응보, 리치먼드의 진군 소식, 리처드의 지도력이 동요의 빛을 보이는 내용이 중요 부분이 된다. 마지막 다섯 번째 부분은 보스워스 전장에서의 리처드의 몰락이 주요 내용이 된다. 꿈속에 나타난 망령들의 예언은 리처드가 과거에 저지른 죄를 상기시키고 있다.

〈리처드 3세〉는 로시스터가 결론적으로 지적했듯이 영국사 밑바닥에 흐르고 있는 두 신화의 갈등을 표현하고 있는 듯하다. 그 "두 역사적 신화"는 영국의 튜더 왕국의 신화가 되는데, 역사는 신이 지배하고 있으며, 세계는 신의 뜻에 의해서 신이 지향하는 궁극적인 질서와 완성의 길로 가고 있다는 사상이 된다. 셰익스피어는 〈리처드 3세〉를 집필할 때, 이런 입장을 택하고 있었다는 것이다. 또 다른 신화는 악마의 왕 리처드로 대변되는 잔혹한 르네상스적 욕망의 분출이라 할 수 있는데, 그것은 반도덕적이며 비양심적인 문명파괴적 충동이 된다. 셰익스피어의 사극에 대해 역사적이며 철학적인 해석을 시도하고 있는 틸리야드(E.M.W. Tillyard)도 셰익스피어가 이 작품을 쓰게 된 목적이 영국사에서 신의 뜻이 어떻게 작용하고 있었는가를 입증하기 위해서였다고 말하고 있다. 이 작품은 분명히 신의 징벌과 그리고 분열된 영국이 신의 뜻으로 재결합된 과정을 주제로 다루고 있다. 그러나 이 작품에서 우리가 깊이 생각해야 되는 더 큰 주제는 리처드 3세로 표현되는 악의 문제와 잔혹한 죽음의 악순환으로 인식된 역사의 개념이 된다.

셰익스피어는 리처드 3세를 플롯 전개의 중심인물로 내세워 왕권 장악의 과정과 비극적 몰락이라는 상승과 하강의 드라마를 치밀하게 구축하고 있다. 그래서 우리는 그의 파란 많은 생애가 더 큰 역사의 질서, 즉 신의 뜻이 구현되는 과정의 한 부분임을 인식하게 된다. 이 점에서 〈리처드 3세〉는 〈리어 왕〉이나 〈햄릿〉, 〈오셀로〉, 〈맥베스〉 등 선과 악의 투쟁을 묘사한 셰익스피어의 비극작품에 어떤 근원을 마련한 원형적 작품이 된다. 악의 화신은 리처드이고, 선은 정의로운 인과응보의 역할을 맡은 리치먼드가 대변하고 있다.

악의 이미지 또는 상징적 인물로서의 리처드는 그의 동기와 상징적 의미에 대해서 수많은 의문을 제기할 수 있다. 리처드는 맥베스처럼 왕권에 대한 끝없는 야망 때문에 잔혹한 살인 행위를 거듭한 인물인가? 그의 신체적 불구와 인간 혐오증은 모든 잔학 행위의 원인이 되는 것인가? 그는 타인에게 군림함으로써 자신의 추악함과 소외감을 극복하고 있는가? 그는 미움을 사고 있기 때문에 반대로 모든 인간을 경멸하고 있는 것인가? 그는 인간 본연의 잔인성과 무분별한 지배욕을 상징하고 있는가? 그는 악독한 인물이기에 흉측한 몰골로 태어났는가?

르네상스 시대의 플라톤적 사상에 의하면 외관과 내용은 서로 상관관계에 있다. 절대적인 악과 절대적인 선은 서로 끝없는 투쟁을 벌이고 있다. 그래서 모든 인간의 행위와 사건은 신의 의미와 이유를 내포하고 있다. 리처드의 탄생도 신의 계획 속에 있다. 신은 영국사의 그 시점에서 리처드의 탄생을 명령한 것이다. 그의 외모와 마음은 이미 신에 의해서 예정되어 있었다. 리처드는 그의 운명대로 악의 사도가 되지만, 그 일도 신의 거룩한 목적의 일부분인 것이다. 그는 때로 〈오셀로)의 이아고처럼, 또는 〈리어 왕〉의 에드먼드처럼 무동기의 악행을 서슴지 않는다. 그는 악행을 하도록 타고났기 때문이다. 콜리지(Coleridge)가 이아고의 성격에 대해서 말한 무동기의 악행(motiveless malignity)이다. 이런 해석은 리처드의 성격을 해명하는 데 도움을 주고, 장미전쟁이라는 기나긴 고난의 역사에 대한 해명이 되기도 한다. 문제는 극작가 셰익스피어이다. 그는 역사를 극으로 보았다. 역사를 연대기적 서술로 본 것이 아니라 인간의 상황으로 보았다. 그래서 그는 역사적 사실보다는 역사 속의 인간, 그 상황의 진실의 묘사에 충실하려고 노력했다. 셰익스피어는 얀 코트(Jan Kott)가 말한 대로 "역사를 극화하는 것이 아니라" 인간의 심리를 극화하고 있는 것이다. "역사의 극적인 밤"을 그려내고 있는 것이다.

〈리처드 3세〉에서 왕국 전체의 운명이 결정되는 성에서의 회의가 진행 중인 그런 밤의 시간은 보통의 일상적인 밤의 시간이 아니다. 오전 4시. 모두들 런던 탑에 모였다. 국가 최고의 권력자들이 탁자를 둘러싸고 한 자리에 모였다. 리처드가 왕으로 옹립되는 결정적인 밤의 시간이다. "육체로 느낄 수 있는 역사의 움직임"이요, 역사에 대한 설명적 요소, 에피소드, 스토리를 전부 제거하고, 인간의 운명이 결정되는 순간의 드라마, 그런 역사의 암흑을 상징하는 극적인 시간인 것이다. 극적인 시간이란 셰익스피어가 시도한 대로 역사의 긴 시간을 몇 장면 속에 압축하거나 몇 시간 속의 긴장감으로 표현하는 일이 된다.

자연의 질서가 파괴되고, 악은 악을 낳고, 복수를 낳고, 죄악은 또 다른 죄악을 부르는 잔혹한 밤, 칠흑 같은 불안과 공포의 밤에 잔혹한 음모와 살인이 저질러진다. 권력투쟁의 긴 역사의 밤이다. 그 밤에 수

많은 사람들이 희생물로 제단에 오른다. 〈리처드 3세〉에 등장하는 인간들은 어떤 희생을 치렀는가.

왕 에드워드 4세는 헨리 6세를 퇴위시키고, 런던 탑에 유폐시켰다. 왕은 에드워드의 동생들인 리처드와 클래런스에 의해 살해당했다. 이 일이 발생하기 몇 개월 전에 튜크스베리에서 헨리 6세의 외아들이 리처드에 의해 살해당했다. 에드워드 4세의 아들은 리처드의 명령으로 12세 때 런던 탑에서 살해되었다. 에드워드 4세의 또 다른 아들 요크 공작 리처드도 10세 때 리처드의 명에 의하여 암살되었다. 에드워드 4세의 동생 클래런스 공작은 리처드가 보낸 자객에 의해 런던 탑에서 살해되었다. 클래런스의 아들은 리처드가 왕위에 오르자 즉시 투옥되었다. 클래런스의 딸은 어린 나이에 평민과 결혼시켜 후손이 왕위에 오르지 못하게 했다. 헨리 6세의 미망인인 마거릿의 경우, 그녀의 남편은 런던 탑에서 살해되고, 아들은 전쟁터에서 죽는다. 리처드 3세의 아내인 앤은 부친과 남편을 리처드에 의해 잃게 된다. 그녀의 의부마저 리처드에 의해 살해되고, 결혼 후 그녀는 런던 탑에 유폐당한다. 버킹엄은 리처드의 오른팔 역할을 한 심복이었지만, 리처드에 의해 살해된다. 왕비 엘리자베스의 동생 리버스 백작, 왕비의 아들 그레이 공도 리처드의 명령으로 처형된다. 헤이스팅스도 처형당한다. 그의 심복 암살자 티렐도 그에 의해 처형당한다. 이들은 모두 리처드에 의해 희생된 사람들이다. 리처드도 리치먼드에 의해 결국 보스워스 전투에서 살해당한다. 역사의 비극은 권력을 위해 죽이느냐, 죽느냐의 싸움에서 비롯된다. 셰익스피어 사극은 14세기 말에서 15세기 말에 이르기까지의 영국사의 정권 쟁탈전을 다루고 있는데, 그의 사극을 읽으면 우리는 역사의 비극이 인류가 발전하기 위해 지불하는 희생의 대가이고, 신의 섭리이며, 정의 실현의 방편이라는 헤겔 등이 주장하는 역사철학에 쉽게 동의할 수 없게 된다. 역사적 비극의 경우, 역사는 아무런 의미가 없이 정지하고 있다는 비관론에 우리는 쉽게 빠지게 된다.

역사는 잔혹한 악순환일 뿐이라는 생각을 어쩐지 떨쳐버릴 수 없다. 셰익스피어도 이런 역사관을 지니고 〈리처드 3세〉를 완성했을 것이다.

2) 헨리 4세 1부

〈헨리 4세 1부〉는 1598년 2월 25일 작품 등기소에 등록되었다. 가장 권위 있는 판본은 1598년에 간행된 첫 번째 쿼토판(the First Quarto)이다. 창작 시기는 〈윈저의 즐거운 아낙네들〉이 1597년 초에 집필되었기 때문에 1596년 후반기에 창작되었을 것이라는 주장이 가장 신빙성이 있다. 작품의 소재는 셰익스피어가 홀린셰드의 『Chronicles of England, Scotland and Ireland』(1587)와 새뮤얼 다니엘(Samuel Daniel)의 서사시 「The First Fowre Bookes of The Civile Wars between the two houses of Lancaster and York」(1595)에서 얻어왔다. 작가미상의 희곡인 「The Famous Victories of Henry V」(1594)에서 셰익스피어는 할 왕자의 도에 넘치는 난폭한 행동에 관한 부분을 참고로 했을 것이라는 주장도 있다. 이 작품 속에 존 올드캐슬(Sir John Oldcastle)이라는 이름을 지닌 인물이 등장하는데, 그는 폴스타프의 전신(前身)이 된다. 이 이름의 흔적이 〈헨리 4세 1부〉에도 나온다("my old lad of the castle", I, ii, 47).

플롯 시놉시스

1막 : 헨리 4세의 성지 원정은 그가 리처드 2세와 싸울 때 지원한 북방 귀족들의 불만을 해소할 때까지 연기할 수밖에 없다. 특히 왕에게 괴로운 존재는 홋스퍼이다. 홋스퍼는 홈던 전투에서 포로로 잡은 스코틀랜드 군인들을 헨리 왕에게 인도하는 일을 거부하고 있다. 웨일스의 영주 오웬 글렌다워는 에드먼드 모티머가 이끄는 영국 병사들을 최근에 격파하고 모티머를 포로로 잡고 있다. 헨리 왕을 괴롭히는 이런 사건들 외에도 왕자 할이 폴스타프 일당과 왕자의 신분을 잊고 놀아나는 추태가 또한 큰 걱정거리가 되고 있다. 헨리 왕은 홋스퍼에게 절대 양보하지 않는다. 왕은 그를 반역자로 지칭하고 있다. 홋스퍼는 헨리 왕에게 군사적 반란을 일으킨다. 홋스퍼는 부친인 노섬벌랜드와, 우스터, 리처드 스크루프, 요크 대주교, 오웬 글렌다워, 스코틀랜드군의 지도자 더글러스, 에드먼드 모티머 등의 지원군의 협력을 얻는 데 성공한다. 한편 왕자 할은 폴스타프와 여행자의 돈을 훔치는 도적행위를 모의한다.

2막 : 할 왕자와 폴스타프 일당은 모의한 대로 여행자들의 금전을 탈취한다. 할 왕자와 포인즈는 변장을 하고 일당 곁을 빠져나온다. 폴스타프 일당은 이스트치프 주막집에 모여서 영웅적 도적질을 자랑하고 술을 마신다. 폴스타프의 영웅담은 그 자리에 온 왕자 할의 폭로로 거짓임이 밝혀진다. 이들의 광란적인 술타령은 사신이 와서 왕자에게 반란 사건으로 왕실의 위급함을 알리자 끝이 난다. 2막은 폴스타프와 그 일행이 펼치는 희극적 행동이 주무대를 이룬다.

3막 : 반란군의 본부가 웨일스 북방에 설치된다. 이들 반란군은 헨리 왕에 대한 공격 준비를 서두르고 있다. 런던에 돌아온 할 왕자는 헨리 왕으로부터 심한 꾸중을 듣는다. 왕은 왕자를 홋스퍼와 비교해서 말한다. 할 왕자는 부왕에게 홋스퍼를 능가하는 전과를 올릴 것을 맹세한다. 할 왕자는 왕군의 일부를 지휘한다. 폴스타프도 왕자를 따라 종군한다.

4막 : 웨스트모어랜드, 랭카스터, 왕자 할에 의해 통솔된 왕실 군대가 반란군의 진지인 슈루즈베리로 향해 진군한다. 그곳에서 노섬벌랜드와 글렌다워에게 버림받은 홋스퍼는 왕실 군대와 싸우기 위해서 임전태세를 갖추고 있다. 요크 대주교는 반란군이 승산이 없다는 것을 눈치채고 헨리 왕을 만나러 간다.

5막 : 헨리 왕은 반란군이 무장을 해제하고 해산하면 사면할 것을 약속한다. 헨리 왕이 반란군을 의심한다고 생각한 우스터는 헨리 왕의 관대한 조건을 감추고 홋스퍼에게 헨리 왕이 완강한 자세로 양보하지 않는다고 보고한다. 홋스퍼는 이 소식을 접하자 즉각 전투에 나선다. 할 왕자는 홋스퍼에게 단독 결투를 요구한다. 전투 중에 왕자 할은 부왕을 더글라스의 수중에서 구출하고 홋스퍼를 살해한다. 폴스타프는 죽은 척하고 전쟁터에 누워 있다가 자신이 홋스퍼를 살해했다고 거짓말을 한다. 우스터와 버논은 체포되어 처형된다. 더글러스는 왕자 할이 사면해서 석방한다. 헨리 왕은 왕자 존을 보내 요크 대주교와 노섬벌랜드 토벌 작전에 참전토록 한다. 헨리 왕과 왕자 할은 합세해서 오웬 글렌다워군을 토벌하기 위해서 웨일스로 행진한다.

작품 평가

〈헨리 4세 1부〉는 "왕자의 교육", "우울한 왕실", "홋스퍼의 반란" 또는 "폴스타프"라는 부제가 붙는 작품이다. 이 작품의 역사적인 배경은 32세의 나이로 1399년 사촌인 리처드 2세의 왕관을 탈취한 랭카스터의 헨리가 1413년 자연사할 때까지의 왕국의 통치 상황이다. 셰익스피어가 묘사한 헨리 왕은 평생 왕관의 탈취를 고통스럽게 생각하며 지내고 있다. 실제로 헨리 4세의 말기 5년간은 국내적으로 평온한 시기였던 반면, 왕위에 오른 초기 8년 동안은 소란스러운 통치 시기였다. 1400년부터 1408년까지 웨일스는 해마다 여름이면 반란을 일으켰다. 이 시기 동안에 여러 모양의 반란 사건이 국내적으로 발생했다. 그러나 1409년 헨리 왕과 할 왕자의 노력으로 국내 사정이 안정되었다.

헨리 4세, 즉 볼링브로크의 헨리는 에드워드 3세의 세 번째 아들인 랭카스터 공작 곤트의 존이 첫 결혼에서 얻은 유일한 자손이었다. 그는 국내외적으로 명성을 떨친 현군으로 평가되고 있다. 그는 정력적이고 학식이 풍부하며, 경건한 생활을 하고 있었기 때문에 국민들의 신임을 얻었다.

노섬벌랜드와 그의 아들 홋스퍼는 영국 북방 최대의 영주로서 1399년 7월 유랑에서 영국으로 귀환한 볼링브로크가 왕권을 장악하도록 만든 공신들이었다. 그들은 막강한 군사력과 조직력 그리고 재정으로 웨일스에서 리처드 2세를 생포하고, 볼링브로크를 헨리 4세로 왕위에 오르게 한 공로자들이었다. 이들의 공로를 치하해서 헨리 왕은 막대한 수입, 광활한 토지, 풍부한 직책을 이들에게 하사했다. 그러나 1403년 이들은 헨리 왕에 대한 반란을 모의하게 되었다. 그 정확한 이유에 대해서는 사학자들 사이의 논란의 대상이 되고 있을 뿐, 확실한 원인을 알 수 없다. 그 원인 가운데 한 가지가 〈헨리 4세 1부〉에서 다루어지고 있는 스코틀랜드 군인 포로 문제이다. 포로 송환 문제로 퍼시 일가와 헨리 왕은 대립하고 있었다. 홋스퍼의 의형제인 에드먼드 모티머를 리처드 2세의 법적 왕권 계승자로 홋스퍼가 지목하고 있는데, 모티머가 웨일스 반군에 의해 체포되었을 때, 헨리 왕은 그의 석방금을 지불하지 않아 홋스퍼를 격노하게 만들었다. 이 때문에 생긴 불화의 원인도 이 작품에서 다루어지고 있다. 이 밖에도 왕권 탈취의 법적 정당성 시비, 금전상의 불화 등이 겹쳐서 두 집안의 반목이 심화되었는데, 셰익스피어는 두 집안의 주장을 작품 속에 공평하게 다루고 있다.

1403년 초여름 체셔에서 반란의 군사 작전이 시작된 이래로 7월 21일 슈루즈베리 북방 2마일에서 발생한 전투는 길고도 처참한 것이었다. 부상자는 속출했다. 왕실 군대 양 진영의 한쪽은 할 왕자의 지휘하에 있었고, 또 다른 쪽은 스태퍼드 백작이 지휘하고 있었는데, 그는 전사했다. 할 왕자도 얼굴에 화살의 상처를 입었지만 용감하게 싸웠다. 홋스퍼와 더글러스는 헨리 왕을 살해하려는 작전을 폈다. 이 작전은 성공하지 못하고 홋스퍼의 근위병들만 죽음을 당했다. 결국 우스터, 버논, 더글러스는 체포되고, 홋스퍼는 살해당했다. 셰익스피어 작품에서는 할 왕자가 죽인 것으로 되어 있지만 누가 죽였는지 역사는 밝히지 못하고 있다. 반군들은 도주했다. 전투가 끝나자 더글러스는 포로가 되었다. 1408년 그의 용맹성이 평가되어 할 왕자는 그를 석방했다. 우스터와 버논은 반역죄로 즉시 처형되었다. 홋스퍼 등의 시체는 그 당시 관습대로 광장 거리에 전시되었다.

3) 헨리 4세 2부

〈헨리 4세 2부〉는 1600년 8월 23일에 작품 등기소에 등록되었다. 같은 해에 쿼토판이 발행되었다. 같은 해에 이 텍스트는 초판에 삭제되었던 3막 1장이 추가되어 다시 간행되었다. 이 작품은 1623년 첫 번째 폴리오판이 발행될 때까지 더 이상 간행되지 않았다. 1600년의 쿼토판은 양질의 것이다.

폴스타프의 인기가 대단했던 〈헨리 4세 1부〉의 성공 때문에 셰익스피어는 두 작품이 무대 위에서 24시간 내에 연속되는 드라마가 되도록 2부를 쓰기 시작했다. 셰익스피어가 1597년 봄에 쓰인 〈윈저의 즐거운 아낙네들〉 이전에 2부를 썼다면, 이 작품은 1596년이나 1597년 초에 집필되었을 것이다. 2부는 에식스 경의 추종자였던 찰스 퍼시 경(Sir Charles Percy)이 1600년에 쓴 편지 속에 언급되고 있다. 이 작품의 소재는 1부의 경우와도 같다. 그러나 셰익스피어는 역사적 사실과 폴스타프의 가공적인 이야기를 교묘하게 혼합시키고 있다.

플롯 시놉시스

1막 : 프롤로그는 1부와 2부를 연결시키는 기능을 하고 있다. 사신이 등장해서 홋스퍼의 죽음을 알리고, 반란이 진압된 사실도 전하고, 노섬벌랜드는 왕실 군대가 그에게 진격해 온다는 소식을 접하고, 요크 대주교와 연합전선을 펼치려고 한다. 폴스타프는 주막에서 동료들과 이별주를 마신다. 왕의 특명으로 노섬벌랜드의 군대에 대항할 지원병을 뽑는 일을 수행하기 위해서다.

2막 : 폴스타프는 왕의 특명을 수행하기가 어려워진다. 주막집 주인인 퀴클리가 그에게 빌려준 돈을 갚으라는 소송을 폴스타프에게 제기했기 때문이다. 그러나 폴스타프는 그녀를 설득해서 더 많은 돈을 빌리고, 저녁 초대까지 받는 데 성공한다. 할 왕자와 포인즈는 그의 정체를 규명하기 위해서 웨이터로 변장을 하고 주막집에 들어간다. 이들은 폴스타프가 할 왕자를 비방하는 소리를 직접 엿듣는다. 나중에 자신들의 정체를 폴스타프에게 밝히자, 폴스타프는 나쁜 놈들이 왕자를 끌어들이지 않도록 하기 위해서 왕자 험담을 했으며, 이 모든 일은 왕자를 보호하기 위한 우정 때문이라고 말한다. 이들의 주막 파티는 북방 반란군 소탕전에 모두 호출되었기 때문에 갑자기 중단된다.

3막 : 웨스트민스터 궁전에서 왕은 워릭과 서리에게 자신의 근심 걱정, 불안감, 그리고 그의 신체적 불편함을 토로한다. 리처드 2세를 옥좌에서 밀어낸 일이 계속 그를 괴롭힌다. 글로스터셔에 도착한 폴스타프는 샐로 판사 댁에 머물면서 태평세월을 보내고 있으며, 왕실 군대를 위한 모병 업무를 보고 있다.

4막 : 요크셔에 있는 반란군 진영이다. 요크 대주교와 모브레이는 노섬벌랜드 군대가 그들의 군대와 합류하는 데 실패한 것을 알게 된다. 웨스트모어랜드는 건의문을 작성해서 랭카스터의 존에게 보낸다. 존은 그들의 건의문을 받아들이고 조속한 시일 내에 시정할 것이라고 약속한다. 반란군은 휴전이 성사되어 그들의 군대를 해산한다. 그러나 이들은 휴전 약속을 어긴 왕자에 의해 체포되고, 처형된다. 병든 왕은 왕자의 기만 행위에 관한 소식과, 그리고 노섬벌랜드 군대의 패배 소식을 접한다. 왕은 혼수상태에 빠진다. 이때, 왕자 할은 그가 죽은 줄

착각하고 왕관을 자신의 머리에 얹어놓는다. 왕이 갑작스럽게 깨어난다. 그는 처음에 아들의 행위를 의심하지만 곧 화해하고 예루살렘 방에 자신을 안치하라고 말한다. 왕은 성지 원정의 성업을 완수하지 못하고 서거한다.

5막 : 왕자 할은 헨리 5세가 되었다. 폴스타프는 급히 궁전으로 향한다. 왕은 폴스타프를 따뜻하게 응대하지 않는다. 거만하고, 위엄 있는 왕은 "나는 그대를 모른다"라고 문전 박대하면서 폴스타프와 그의 일당들의 추방을 명하고 폴스타프를 체포한다. 헨리 5세는 의회를 열어 프랑스 침공에 관한 대책을 세운다. 성공적인 프랑스 정벌은 헨리 5세를 영국사에 길이 남는 영웅적인 제왕으로 찬양받게 만들었다.

작품 평가

〈헨리 4세〉 1 · 2부의 구조적 특징은 정치 관계의 진지한 장면과 희극적인 일상적 생활 장면이 서로 교차되면서 서민 생활 속에서의 자유와 반항이 왕실 가족 간의 음모와 반란으로 대조를 이루면서 구성된 점이라 할 수 있다. 1부 1막 1장은 왕실과 반대파의 전쟁을 예고하고 있다. 1부 1막 2장은 폴스타프 일당이 개즈힐에서 저지르는 도적질의 모의를 다루고 있다. 이와 비슷한 예로서 2부를 보면, 영국 북방지역의 반란 사건으로 서막이 시작되는데, 다른 한편에서는 주막집에서 폴스타프에 대한 할 왕자의 반항이 시작된다. 셰익스피어는 폴스타프를 때로는 최악의 인물로 묘사하지만 근본적으로는 그가 정직한 사람이라는 성격을 확실하게 부각하고 있다. 이것이 폴스타프의 이중적 성격이다. 할 왕자는 왕자요, 임금이다. 그는 명예로운 인간이요, 능력과 지성을 갖춘 인간이요, 폴스타프를 한때 따라다녔던 자유인이었다. 그러나 결국은 간교한 정치가요, 위선자가 되었다. 극적 상황의 이중성은 인물의 성격적인 이중성을 바닥에 깔고 갈등 구조를 만들고 있다. 1부와 2부의 작품 분석에서 우리는 이 점을 중시해야 한다. 이것이 작품 해석의 초점이다.

2부에 묘사된 역사적 사건은 치밀한 체계를 이루고 있지 않다. 셰익스피어는 왕에 대한 노섬벌랜드의 북방 반란 사건을 마키아벨리적인 존 왕자를 주축으로 그리고 있으면서, 동시에 이 사건을 1569년 엘리자베스 여왕에 대한 북방 가톨릭교도들의 반란과 비교하고 있다. 이런 사건의 유사성이 당시 관객들을 즐겁게 만들고 있었다. 2부에서 중요한 부분은 폴스타프의 부인(否認)과 배척이다. 이 부분을 준비하기 위해서 셰익스피어는 치밀하게 작품 초반에서 폴스타프의 위신을 떨어뜨리고 그를 사기꾼이며 주정뱅이 색한으로 만들고 있다. 그러나 희극적인 폴스타프의 성격 창조는 2부에서도 놀라운 성과를 거두고 있다. 관객들은 그를 보고 웃고, 또 웃는다. 너무나 재미있는 폴스타프 때문에 웃음은 폭발적이다. 그 웃음이 그의 추방을 감싸고 있다. 즐거운 할 왕자 대신, 2부에서는 그의 단짝이 피스톨이 등장한다. 정부인 돌 티어시트도 그의 동반자이다. 어리석고 이기적이고 부패한 샐로 판사는 과장된 폴스타프처럼 창조되고 있어서 폴스타프와 대조를 이루면서 이 작품의 희극적 효과를 배가시키고 있다. 5막 4장에서는 폴스타프의 두 동료가 범죄자로 낙인 찍히는 수모를 폴스타프 자신이 감내해야 한다.

셰익스피어의 비극에는 햄릿이 있다. 셰익스피어의 희극에는 샤일록이 있다. 그의 사극에는 누가 있는가. 우리는 폴스타프가 있다고 말할 수 있다. 폴스타프에게 붙여진 별명만 봐도 그가 어떤 사람인지 알 것만 같다. 악한, 기생충, 바보, 허풍선이, 군인, 타락한 폭식가, 색한, 거짓말쟁이, 겁쟁이 등이다. 새뮤얼 존슨(Dr. Samuel Johnson)은 그를 "존 경할 만한 것이 하나도 없는 인간"이라고 말했고, 조지 버나드 쇼 (George Bernard Shaw)는 그를 "얼빠진 못난 늙은이"라고 말했다. 그러나 오스카 와일드(Oscar Wilde)는 그를 "광범위한 총체적 의식"의 소유자라 고 격찬했다. 나는 그의 의견에 동의한다. 그는 우리를 웃기지만, 자신 은 눈물을 흘리고 있는지도 모른다. 아니면, 그는 시종 너털웃음을 발 산하고 있지만 우리는 웃으면서도 사실은 울고 있는지도 모른다. 시인 오든(W.H. Auden)은 그에 대해서 날카롭고도 의미심장한 말을 하고 있 다. "폴스타프는 초월적인 자비의 질서에 속하는 희극의 상징"이다. 폴스타프의 매력은 그를 통해 셰익스피어가 우리 모두를 포용하고 있 다는 사실 때문이다. 우리는 폴스타프를 감싸지 못할 것 같다. 그는 아 비규환 지상에 내려온 구세주인가라는 생각이 들 때도 있다. 할 왕자 가 그를 부인할 때도 그는 왕자를 사랑했다. "어째서 폴스타프는 희극 에 등장하지 않고 사극에 등장했는가?" 헤롤드 블룸은 그의 「셰익스피 어 사극론」 서론에서 이런 의문을 제기하고 있다. 그의 답변은 작중인 물에게 무한한 자유를 주기 위해서라는 것이다. 비극과 희극에서는 폴 스타프 같은 인물이 자유로운 행동을 할 수 없다는 것이다. 사극은 왕 이나 귀족들에게는 자유로운 장르가 되지 못하지만, 폴스타프 같은 희 극적 인물에게는 가능하다는 것이다. 어떻게, 그리고 왜 그것이 가능 한가? 헤롤드 블룸은 답변하고 있다. "폴스타프는 자신이 아버지요, 어머니인 것이다. 얼떨결에 그는 지혜 덩어리로 태어났다. 그는 관객만 원한다. 이것이 그의 이상이다. 그 관객을 그는 언제나 소유하고 있다." 헨리 5세가 된 할 왕자가 필요한 것은 그를 추종하는 사람들뿐이다. 폴스타프는 추종자가 될 수는 없는 성격의 인물이다. 폴스타프는 상류계급 사람들을 우롱하고 그들의 악을 폭로하고, 겁을 주면서, 하류계급 사람들의 온정에 기대며 살아간다. 그래서 하류계급 사람들은 그를 좋아한다. 그가 무대에 나타나면 환호성을 지른다. 그래서 드라이든(Dryden)은 그를 "최고의 희극적 인물"이라고 말했다. 낭만주의 비평의 선구자인 모건(Maurice Morgann)은 1777년에 「폴스타프의 성격론」을 발표했는데, 그는 폴스타프가 정직하고 용감한 인물이라고 주장하고 있다. 모건의 긍정적 성격론은 19세기 폴스타프론의 주조를 이루었다. 그의 영향을 받은 브래들리(A.C. Bradley)는 그의 논문 「폴스타프의 배척(Oxford Lectures on Poetry)」(1909)에서 폴스타프의 존재는 "유머에서 얻어진 자유의 축복"이라고 말하고 있다.

도버 윌슨(Dover Wilson)은 1943년 『폴스타프의 운명』을 출간해서 역사비평의 입장(E. E. Stoll의 「폴스타프론(Shakespeare Studies)」(1927)은 이 학파의 대표적 논문임)을 옹호했다. 그에 의하면 폴스타프는 중세 도덕극의 악의 상징을 발전시켜 표현하고 있다는 것이다. 엘리자베스 시대 관객들은 폴스타프를 도덕적 가치 기준의 맥락에서 받아들이고 있었다는 것이 윌슨의 주장이었다.

〈헨리 4세〉(2부작)는 셰익스피어 사극 가운데서 가장 학문적인 연구 분석이 활발했던 작품이다. 지난 400년 동안 진행된 이 작품의 쟁점 가운데서 가장 두드러진 주제가 폴스타프의 성격론이다. 그밖에도 성격 연구의 중요 대상은 홋스퍼와 할 왕자가 된다. 〈헨리 4세〉(2부작)와 타

역사극과의 비교, 역사적 사실과 희곡적 상상력, 작품의 구성 문제, 역사와 희극의 혼합적 구성의 문제, 할 왕자의 폴스타프 배척의 의미 등도 중요한 연구대상이 된다. 20세기에 들어와서 신비평주의(New Criticism)을 주창한 클리언스 브룩스(Cleanth Brooks), 로버트 헤일만(Robert Heilman), 엘리스 퍼머(Ellis Fermor), 트라버시(T.A. Traversi) 등과 셰익스피어 학자들은 역사학파의 이론에 이의를 제기하게 되었다. 이들은 〈헨리 4세〉(2부작)의 중심적 갈등 구조와 미덕, 선악, 허영심, 정치적 권위 등의 주제보다는 할 왕자의 개혁 의지와 이상적인 군주가 되려는 생각, 그리고 이 같은 욕망이 타 인물과 극적 상황에 미치는 영향이 무엇인가라는 주제가 더 중요하다고 말하고 있다. 역사학파의 주장에 반론을 제기한 두 사람의 비평가는 고다드(Harikd C. Goddard)와 헤밍웨이(Samuel B. Hemingway)이다. 전자는 낭만주의파와 반낭만주의파의 연구를 종합해서 셰익스피어는 두 사람의 할 왕자와 두 사람의 폴스타프를 창조했다고 주장하기에 이르렀고, 후자의 경우는 모건과 브라들리를 스톨과 도버 윌슨의 접근방법에 결합시키는 공적을 남겼다. 최근의 연구 방향은 틸리야드나 윌슨의 역사학파에서 벗어나서 희곡의 구조와 언어적 요소를 고찰하는 일에 집중하고 있는 것이 특징이다. 포터(Joseph Porter)나 펫처(Edward Pechter) 등이 이 같은 연구의 주류를 이루고 있다.[이들의 연구 성과를 고찰하기 위해서는 다음의 저작물을 참고하면 될 것이다. Joseph A. Porter, "'1 Henry Ⅳ'"와 "'2 Henry Ⅳ'", The Drama of Speech Acts: Shakespeare's Lancastrian Tetralogy, University of California Press, 1979: Edward Pechter, "Falsifying Men's Hopes: The Ending of 'Henry Ⅳ', in Modern Language Quarterly, Vol. 41, No 3,

September, 1980]

4) 헨리 5세

〈헨리 5세〉는 1600년 8월 4일 작품 등기소에 인쇄업자 제임스 로버츠(James Roberts)에 의해 등록되었다. 1600년 첫 쿼토판이 발행되었을 때도 이 작품은 그 속에 수록되었다. 창작 연월일은 작품 속에 기록된 에식스 경의 아일랜드 토벌 때문에(5막 프롤로그 30-34) 정확성을 기할 수 있다. 에식스 경은 런던을 1599년 3월 27일에 출발했다. 그는 더블린을 4월에 도착했으며, 같은 해 9월 28일 토벌 작전에 실패하고 런던으로 귀환했다. 그러기 때문에 셰익스피어는 이 작품을 1599년 3월 27일에서 9월 28일 사이에 집필했을 것이다. 헨리 5세(1387~1422)는 1413년에 왕위에 올랐다. 셰익스피어는 1587년 판 홀린셰드의 연대기에서 그 소재를 얻어왔다. 〈헨리 5세의 유명한 승리〉라는 무명작가에 의한 희곡 작품이 등록된 것은 1594년 5월 14일이니 셰익스피어가 이 작품을 참고로 했을 것이라고 추측할 수 있다.

플롯 시놉시스

1막 : 헨리 왕은 선왕의 경우와 마찬가지로 국내의 소요를 막으려면 해외 원정의 수단밖에 없다고 생각한다. 캔터베리 대주교의 재정적 지원 약속은 헨리 왕에게는 큰 힘이 되었다. 대주교는 왕에게 프랑스가 영국의 영유권을 무시하는 것은 처가 쪽의 영토 소유권의 양도를 금지하는 살리크 법(Salic Law) 때문이라고 일러준다. 대주교는 영토 소유권을 주장할 것을 왕에게 종용한다. 왕은 프랑스로 원정의 길을 떠나겠다고 공언한다. 한편 프랑스 대사는 영국 왕에게 모욕적인 선물을 한다. 이 일 때문에 영국 왕은 격노한다.

2막 : 런던 시내의 길이다. 바돌프와 피스톨은 님 하사를 사귀게 된다. 님 하사는 퀴클리와 연관된 사랑싸움에 휘말리게 된다. 피스톨은 현재 퀴클리와 부부관계이다. 한 소년이 와서 폴스타프가 중병을 앓고 있다면서 퀴클리를 찾는다고 전한다. 피스톨과 님 하사는 화해를 하고, 바돌프와 함께 군에 입대해서 프랑스로 떠나겠다고 말한다. 퀴클리는 이들을 데리고 폴스타프한테로 간다. 폴스타프는 왕의 문전박대 때문에 상심하고 열병을 앓으며 죽어가고 있다.

사우샘프턴에서 왕은 세 궁신들 — 케임브리지 백작, 스크루프 공, 토머스 그레이 공 — 과 대화를 나눈다. 이들은 프랑스와 내통하면서 왕을 살해하는 음모를 꾸미고 있다. 왕은 이들의 체포를 명한다. 헨리 왕은 이들에게 사형선고를 한다. 피스톨과 님 하사와 바돌프는 폴스타프의 죽음을 슬퍼한다. 프랑스 궁정에서는 영국 왕의 군세를 과소평가하고 있다. 이때 엑서터 공작이 도착해서 헨리 왕이 찰스 왕의 퇴위를 요구하고 있다고 전한다.

3막 : 찰스 왕은 헨리 왕의 감정을 누그러뜨리기 위해서 영토의 할양과 자신의 딸 카트린을 왕비로 삼을 것을 사신을 통해 알리지만, 영국 왕은 이에 동의하지 않고 프랑스 정벌의 항해를 시작한다. 영국군은 프랑스 땅 아르플뢰르를 포위한다. 그는 아르플뢰르 시장에게 도시를 초토화하겠다고 위협한다. 시장은 프랑스 왕의 지원이 불가능하다고 판단해서 항복한다. 영국군은 칼레로 진군한다. 아쟁쿠르 근교에서 프랑스군은 결전의 준비를 하고 있다. 프랑스군은 여전히 영국군의 전력을 과소평가하고 있다.

4막 : 헨리 왕은 전투 전날 밤, 군의 사기 진작을 위해 진영 내 막사를 순시하고 있다. 변장을 한 헨리 왕은 수많은 병사들과 대화를 나누면서 왕의 책임이 막중하다는 것을 통감한다. 그는 신에게 가호를 빈다. 그는 병사들에게 비록 병력은 열세지만, 승리의 영광과 보상은 크다는 것을 역설한다. 승리하면, 이들 병사들의 명예는 영국사에 길이 남을 것이라고 그는 웅변으로 강조한다.

왕의 순시와 격려는 효과적이었다. 전투에서 프랑스군은 사기가 떨어져 후퇴하면서 전열이 흐트러졌다. 헨리 왕은 전과에는 만족했지만, 충신 서픽과 요크를 잃은 것을 몹시 슬퍼했다. 프랑스군은 다시 한번 반격해왔지만, 영국군은 이들을 용감하게 격퇴했다. 프랑스군은 귀족들을 포함해서 1만 명이 전사했고, 영국군은 29명의 사망자가 나왔을 뿐이었다. 헨리 왕은 신의 가호에 감사했다. 영국군은 칼레로 향해 진군하며, 개선의 날을 기다리고 있었다.

5막 : 헨리 왕은 의기양양하게 영국으로 귀환했다. 그는 다시 프랑스로 가서 샤를 6세와 평화 회담을 가졌다. 평화회담의 조건 가운데 하나가 공주 카트린과의 결혼이었다. 헨리 왕은 그녀의 손을 잡고 백년가약을 맺었다. 헨리 왕은 프랑스 왕의 후계자로 지명되었다.

작품 〈헨리 5세〉는 헨리 왕의 성공적인 치세와 생애를 요약하면서 대단원의 막을 내린다.

작품 평가

〈헨리 5세〉로서 셰익스피어는 플랜태저넷 왕조에서 튜더 왕조에 이르는 1백 년간의 역사극 집필을 종결지었다. 셰익스피어는 역사극을 통해 런던 시민들에게 이상적인 군주의 모습이 어떤 것인지 보여주었을 뿐만 아니라, 역사란 무엇인가라는 근원적인 문제에 대해서도 깊은 생각을 하도록 만들어주었다. 헨리 4세는 강한 군주였다. 그러나 그는 법통을 이은 왕이 되지 못했다. 리처드 2세는 법통을 이은 군주였지만, 강력한 왕이 되지 못했다. 헨리 5세는 현군이었고, 민주적인 군주였으며, 국민들이 숭상하는 이상적인 왕이었다. 그러나 한 가지 풀리지 않는 헨리 왕의 문제점은 왕자 시절의 동료들을 왕위에 오른 후에는 잔혹하게 추방했다는 사실이다. 그렇기 때문에 19세기 이후 현대에 이르기까지 〈헨리 5세〉의 핵심적인 논제는 헨리 왕의 성격 문제였다. 학자들은 헨리 왕이 이상적인 군주인지, 아니면 마키아벨리적인 위선적인 정치인인지, 이 문제를 놓고 수많은 논쟁을 펼치고 있다.

19세기에서 20세기에 걸쳐, 저명한 셰익스피어 학자들은 헨리 왕의 성격 규정 이외에도, 전쟁, 정치, 통치, 국민적 화합, 영웅주의, 감성과 이성의 갈등, 신하와 임금의 이상적 관계, 질서와 조화, 애국심, 코러스의 기능, 폴스타프의 죽음, 서사적 기법, 대주교의 프랑스 침공 이유, 헨리 왕의 결혼, 희극적 요소, 구성과 스타일의 문제, 플루엘렌의 성격 창조, 프랑스 귀족들의 문제 등이 중요한 연구 주제가 되었다.

헨리 왕의 성격에 관해서는 1947년에 발표된 윌슨(John Dover Wilson)의 논문(An Introduction to King Henry V by William Shakespeare, edited by John Dover Wilson, Cambridge at the University Press, 1947, pp.vii–xlvii 참조)이 도움이

될 것이다. 윌슨은 헨리 왕을 영웅적인 군주로 평가하고 있다. 그러나 찰턴(H.B. Charlton)은 1929년의 강연에서, 셰익스피어가 묘사한 헨리 5세는 〈헨리 4세〉 1부와 2부에서 묘사된 왕의 모습과 흡사하다고 지적하면서, 헨리 5세의 성격은 공적인 인간 헨리 왕과 사적인 인간 헨리로 분열되고 있다고 말했다. 이 때문에 헨리 왕의 행동에는 때로 이율배반적인 모순이 발생하고 있다는 것이다. 찰턴은 "정치 생활에서 좋은 것은 도덕적 생활에서는 정반대의 것이 된다"고 말하면서 헨리 왕이 이 경우에 해당된다고 말했다. 그러나 수많은 20세기의 셰익스피어 학자들은 헨리 5세야말로 셰익스피어가 몽상하고 있는 이상적인 군주라는 결론을 내리고 있다. 이와는 반대되는 의견으로서 브래들리는 헨리 5세가 겸손, 신중, 웅변, 탁월한 지도력 등 이상적인 군주로서의 미덕을 갖추고는 있지만, 이기심 때문에 자비심이 부족하다는 점을 지적하고 있다. 해즐릿(William Hazlitt)의 주장도 그의 견해와 비슷하다. 그는 헨리 5세를 "사랑스러운 악마"라고 말하면서 헨리 왕의 성격을 부정적으로 평가하고 있다(William Hazlitt, 'Henry Ⅴ', Characters of Shakespeare's Plays, 1817, Reprint by J. M. Dent & Sons Ltd., 1906, pp. 156–64). 나는 헨리 5세와 같은 복합적인 성격의 인물을 분석하는 경우에는 다원적인 측면에서의 종합적인 접근 방식이 필요하다고 생각한다. 셰익스피어의 주인공들은 모두가 다양한 심리와 외양(外樣)을 지니고 있기 때문이다.

반 도렌(Van Doren), 짐바도(Zimbardo), 비커스(Vickers) 등 현대의 셰익스피어 학자들은 이 작품의 언어적 요소를 면밀하게 연구한 학자들이다. 이들은 희곡의 구조, 서사적 요소와 희극적 요소의 혼합 문제 등을 집중적으로 연구해서 새로운 해석의 지평을 열었다. 그랜빌바커

(Granville-Barker)는 이 작품에서 사용되고 있는 코러스의 기능에 관해 우수한 연구 성과를 올렸는가 하면, 체임버(E.K. Chamber)는 이 작품에 표현된 전쟁과 애국심에 관해서 탁월한 연구 성과를 올렸다(E. K. Chambers, "Henry the Fifth'," Shakespeare: A Survey, 1925. Reprint by Hill and Wang, 1959, pp.136-145).

역자 이태주

연도	윌리엄 셰익스피어	시대 배경
1564 (0세)	4월 23일 출생. 4월 26일, 존과 메리의 장남으로서 세례 받음.	C. 말로 탄생. 갈릴레오 탄생. 미켈란젤로 사망.
1565 (1세)	7월 4일 존, 스트랫퍼드 시참사위원(alderman)으로 피선(被選). 9월 12일 임명.	『지혜의 보고』의 저자 프랜시스 미아즈 탄생.
1566 (2세)	10월 13일, 존과 메리의 차남 길버트 세례.	해군대신극단 대표배우 에드워드 아랜 탄생.
1568 (4세)	9월 4일 존, 스트랫퍼드 시장(bailiff)에 선출됨.	메리 스튜어트 폐위. 영국에서 유폐됨.
1569 (5세)	4월 15일, 존과 메리의 다섯 번째 아이 조앤(Joan) 세례.	여왕극단, 우스터백작극단 스트랫퍼드에서 공연.
1571 (7세)	이즈음 윌리엄은 문법학교 킹즈 뉴 칼리지에 입학. 9월 28일 4녀 앤 세례 받음.	윌리엄 세실 경, 벌리 경이 됨.
1574 (10세)	3월 11일, 존과 메리의 일곱째 아이 리처드 세례. 전염병으로 런던 공연 금지.	5월 10일 레스터경극단이 왕실의 후원을 받음.
1575 (11세)	존, 스트랫퍼드에 정원과 과수원이 있는 두 채의 집을 40파운드로 구입. 윌리엄은 아마도 케닐워스의 축제를 봤을 것이다. 〈한여름 밤의 꿈〉에 반영되어 있다.	7월, 엘리자베스 여왕, 케닐워스 성 방문.
1576 (12세)	존, 문장(紋章) 허가 신청. 이때부터 존은 마을의회 결석이 잦음. 군비 의연금도 미납.	제임스 버비지의 상설극장 '시어터(The Theatre)'가 쇼어디치에 건립됨.
1577 (13세)	존, 이때부터 재정적 어려움 때문에 공식회의 불참.	커튼극장 건립. 홀린셰드, 『연대기』 초판 발행.
1578 (14세)	11월 14일. 존은 부인의 유산 일부인 윌름코트의 집과 토지를 담보로 의형 에드먼드 란바트의 돈 40파운드 차입.	8월 24일, 존 스톡우드가 설교 중에 극장 비난.

연도	윌리엄 셰익스피어	시대 배경
1579 (15세)	4월 4일, 4녀 앤 매장. 존, 스니타필드의 토지를 4파운드에 매각.	노스 역 『플루타르크영웅전』 출판. 존 플레처 탄생.
1580 (16세)	5월 3일, 4남(여덟 번째 아이) 에드먼드 세례. 존, 치안유지법 위반으로 20파운드의 벌금 지불.	『영국연대기』 출판.
1581 (17세)	8월 3일, 랭커셔에 사는 알렉산더 호턴의 유언장에 '배우 윌리엄 셰익스피어'에게 연금 2파운드를 남긴다는 기록이 있음. 윌리엄의 이름이 최초로 문서에 기록.	10월, 6세의 헨리 리즐리가 3대째의 사우샘프턴 백작이 됨.
1582 (18세)	11월 27일, 윌리엄, 8세 연상의 앤 해서웨이와 결혼.	버클레이경극단, 스트랫퍼드에서 공연. 에든버러대학 창립
1583 (19세)	5월 26일, 윌리엄과 앤의 장녀 수재나 세례.	옥스퍼드백작극단, 우스터백작극단 등이 스트랫퍼드에서 공연.
1585 (21세)	2월 2일, 쌍둥이 햄닛과 주디스 세례.	제임스 버비지, 커튼극장의 경영권 장악.
1586 (22세)	9월 6일, 존, 시위원에서 해임. 윌리엄, 런던행(?).	여왕극단, 레스터백작극단이 스트랫퍼드에서 공연.
1587 (23세)	6월 13일에 발생한 상해 사건으로 결원을 채우기 위해 윌리엄이 여왕극단에 가입한 가능성 있음.	헨슬로, 로즈극장 건립. 홀린셰드, 『연대기』 제2판 간행.
1588 (24세)	윌름코트 토지가옥 변제를 청구하면서 윌리엄이 란바트에 소송 제기.	레스터 백작 사망. 영국 해군, 스페인 무적함대 격파. 리처드 탈턴 매장(9월 3일).
1589 (25세)	윌리엄, 스트랑경극단과 해군대신극단이 합병해서 만든 극단에 관계함.	로버트 그린의 『Menaphon』에 쓴 토머스 내시의 서문에 〈원햄릿(Ur-Hamlet)〉이 언급됨.
1592 (28세)	윌리엄 그린의 책 『문(文)의지혜』(9월 20일 출판등록)에서 윌리엄을 비난하는 문구 '벼락출세한 까마귀(upstartcrow)' 발견.	6월, 극장 폐쇄. 9월 3일 그린 사망. 에드워드 알레인, 헨슬로의 양녀와 결혼해서 헨슬로와 동업자가 됨.

연도	윌리엄 셰익스피어	시대 배경
1593 (29세)	사우샘프턴 백작에게 〈비너스와 아도니스〉 헌정. 출판등록 4월 18일. 같은 해에 4절판으로 등록. 〈타이터스 앤드로니커스〉 집필. 〈말괄량이 길들이기〉 집필. 〈루크리스의 능욕〉 집필.	극작가 크리스토퍼 말로 살해당함(5월 30일). 전염병으로 윌리엄이 소속된 펜브루크백작극단이 어려움을 겪음.
1594 (30세)	윌리엄, 궁내대신소속극단에 단원으로 참가. 〈타이터스 앤드로니커스〉 출판 등록(2월 6일). 동년에 양(良)사절판으로 출판. 로즈극장에서 공연(1월 23일). 〈헨리 6세 2부〉 출판 등록(3월 12일). 동년에 악(惡)사절판 출판. 〈루크리스의 능욕〉 출판 등록(5월 9일). 동년 양사절판으로 출판. 〈실수 연발〉 그레이 법학원에서 공연(12월 28일). 〈베로나의 두 신사〉 집필. 〈사랑의 헛수고〉 집필. 〈로미오와 줄리엣〉 집필. 〈말괄량이 길들이기〉 공연(6월 13일).	1592년부터 이래로 폐쇄되었던 정규공연이 6월에 시작됨. 스트랫퍼드 대화재(9월 22일). 헨리거리의 셰익스피어의 가옥도 피해를 입음. 펜브루크백작극단 해체(12월 28일). 6월 7일에 유대인 의사 로더리고 로페즈가 여왕 암살 용의로 처형됨.
1595 (31세)	3월 15일에 전년 12월의 어전공연에 대한 지불 명부에 20파운드의 액수와 간부단원 윌리엄의 이름이 기록됨.	9월, 스트랫퍼드 화재. 〈리처드 2세〉 또는 〈리처드 3세〉 공연(12월 9일). 프랜시스 랭글리, 펜브루크백작극단의 본거지인 스완극장 건립.
1596 (32세)	8월 11일, 장남 햄닛 매장(11세). 10월 20일에 존, 문장 사용 허가받음. 윌리엄, 비숍게이트의 세인트헬렌에 거주(10월).	스완극장에서 네덜란드의 관광객 한니스 드 위트가 관객을 3천 명으로 추산. 2월 4일에 제임스 버비지가 블랙프라이어즈극장을 600파운드로 구입.

연도	윌리엄 셰익스피어	시대 배경
1597 (33세)	5월 4일에 윌리엄, 스트랫퍼드에서 가장 아름답고 두 번째로 큰 '뉴 플레이스' 저택을 60파운드에 구입. 〈윈저의 즐거운 아낙네들〉 공연 (4.22~23). 〈리처드 2세〉 출판등록(8.29), 동년 양사절판 출판. 〈리처드 3세〉 출판 등록 (10.20), 동년 양과 악의 중간사절판 출판. 〈헨리 4세 1부, 2부〉 집필(1597~1598). 〈사랑의 헛수고〉 공연.	2월 2일 제임스 버비지 매장.
1598 (34세)	〈헨리 4세 1부〉 출판 등록(2.25). 출판. 〈베니스의 상인〉 출판 등록(7.22). 윌리엄, 벤 존슨의 〈각인각색〉에 출연(9.20 이전). 〈사랑의 헛수고〉 양사절판 출판(12월). 〈헛소동〉 집필 (1598~1599). 〈헨리 5세〉 집필(1598~1599)	재상 윌리엄 세실 사망. 프랜시스 미어스의 수기 『지식의 보고』 출판(9.7). 이 책에는 윌리엄에 관한 여러 가지 언급이 있음.
1599 (35세)	2월 21일, 윌리엄, 주주의 한 사람으로서 글로브극장 건설 운영에 관한 계약서 작성. 세인트헬렌에 보관된 세금 관계 서류에 윌리엄의 이름 있음. 글로브극장 개장. 〈줄리어스 시저〉 집필. 글로브극장에서 공연(9.21). 〈로미오와 줄리엣〉 양사절판 출판. 〈당신이 좋으실 대로〉 집필(1599~1600). 〈십이야〉 집필 (1599~1600).	시인 에드먼드 스펜서 사망. 풍자문학 금지(6.1). 에식스 백작의 아일랜드 원정 실패.
1600 (36세)	〈당신이 좋으실 대로〉 등록(8.4), 출판 보류. 〈헛소동〉 등록(8.4). 양사절판 출판(10월). 〈헨리 4세 2부〉 등록(8.23). 양사절판 출판. 〈헨리 5세〉 등록(8.23). 악사절판 출판. 〈한여름 밤의 꿈〉 등록(10.8). 템스강 남안(南岸) 크린크 지구 납세자 리스트에 13실링 4펜스 미납 기록.	동인도회사 설립. 헨슬로, 520파운드를 들여서 포춘극장 건립.

연도	윌리엄 셰익스피어	시대 배경
1601 (37세)	부친 존 사망. 9월 8일 매장. 궁내대신극단이 에식스 백작 일당의 요청에 의해 왕위 찬탈극 〈리처드 2세〉 글로브극장에서 공연(2.7). 〈십이야〉 궁전에서 공연(1.6). 〈햄릿〉 집필(1601~1602). 〈트로일로스와 크레시다〉 집필(1601~1602).	2월 8일, 에식스 백작, 런던에서 반란 일으키다 체포되어 사형 됨(2.25). 사우샘프턴 사형 면함.
1602 (38세)	5월 1일 윌리엄, 스트랫퍼드에 107에이커의 토지를 320파운드로 구입. 윌리엄, 런던 크리플게이트에 하숙. 〈윈저의 즐거운 아낙네들〉 등록(1.18). 악사절판 출판. 〈햄릿〉 등록(7.26). 〈끝이 좋으면 다 좋다〉 집필(1602~1603).	
1603 (39세)	5월 19일, 궁내대신극단이 국왕극단이 되다(5.19). 〈트로일로스와 크레시다〉 등록(2.7). 〈햄릿〉 악사절판 출판.	엘리자베스 여왕 사망(3.24). 튜더 왕조 끝남. 제임스 1세 즉위하여 스튜어트 왕조 출범. 3월 19일 전염병으로 극장 1년간 폐쇄.
1604 (40세)	〈오셀로〉 집필. 11월 1일 궁정에서 공연. 〈자에는 자로〉 집필(1604~1605). 12월 26일 궁전에서 공연. 〈햄릿〉 양사절판 출판. 〈윈저의 즐거운 아낙네들〉 궁정에서 공연(11.4).	4월 9일, 극장 개관. 제임스 1세 스페인과 화평 체결.
1605 (41세)	국왕극단이 〈헨리 5세〉를 궁정에서 공연(1.7). 국왕극단이 〈베니스의 상인〉을 궁정에서 공연(2.10). 〈리어 왕〉 집필(1605~1606).	11월 15일, 가이 포크스의 의사당 폭파 음모사건(화약음모사건) 발각. 레드불극장 개관.
1607 (43세)	6월 5일 장녀 수재나, 의사 존 홀과 결혼(6.5). 〈리어 왕〉 출판등록(11.26). 〈코리올레이너스〉 집필. 〈아테네의 타이몬〉 집필. 〈맥베스〉 아마도 햄프턴코트에서 덴마크 왕 크리스찬 4세 방문을 기념해서 공연(8.7). 〈햄릿〉 영국 함선 드래곤호 선상에서 공연. 12월 31일 윌리엄의 동생 배우 에드먼드 셰익스피어 매장(12.31).	7월~11월, 전염병으로 극장 폐쇄.

연도	윌리엄 셰익스피어	시대 배경
1608 (44세)	수재나의 장녀 엘리자베스 출생(2.8.세례). 모친 메리 사망(9.9. 매장). 〈안토니와 클레오파트라〉 등록(5.20). 〈리어 왕〉 양과 악의 중간판본 출판.〈페리클레스〉 집필(1608~1609), 등록(5.20).	시인 존 밀턴 출생. 8월 9일, 국왕극단이 블랙프라이어즈 극장 임대권 매입.
1610 (46세)	윌리엄, 고향에 은퇴. 〈겨울 이야기〉 집필(1610~1611).	2월, 제임스 1세 의회 폐쇄.
1611 (47세)	〈심벨린〉 관극(4월 하순) 기록(점성가 사이먼 포맨). 〈겨울 이야기〉 글로브극장에서 공연(5.15). 〈템페스트〉 집필(1611~1612). 동년 궁정에서 공연(11.1).	흠정(欽定)영역성서 출판.
1612 (48세)	〈헨리 8세〉 집필(1612~3).	태자 헨리 사망.
1613 (49세)	2월 4일 동생 리처드 매장. 런던 블랙프라이어즈 지구에 140파운드를 들여 게이트 하우스(Gate—House) 구입.	〈헨리 8세〉 공연 중(6.29) 글로브극장 소실. 곧 재건립 착수.
1614 (50세)	글로브극장 6월 준공(1400파운드 소요됨).	호프극장 건립.
1615 (51세)	〈리처드 2세〉(제5쿼토판) 출판(90월).	조지 채프먼이 호메로스의 『오디세이』 완역.
1616 (52세)	1월 26일경, 윌리엄 유언장 작성. 차녀 주디스가 토머스 퀴니와 결혼(2.10). 유언장 수정, 서명(3.25). 4월 23일 윌리엄 셰익스피어 사망. 스트랫퍼드 홀리 트리니티교회에 매장(4.25). 11월 23일, 토머스와 주디스의 아들 셰익스피어 세례. 『루크레스의 능욕』 출판.	1월 6일 헨슬로 사망.
1623	8월 6일, 윌리엄의 아내 앤 사망(67세). 11월 8일 윌리엄의 전집 첫 폴리오판이 셰익스피어의 동료배우들인 존 헤밍스와 헨리 콘델에 의해 출판.	

셰익스피어 가계도

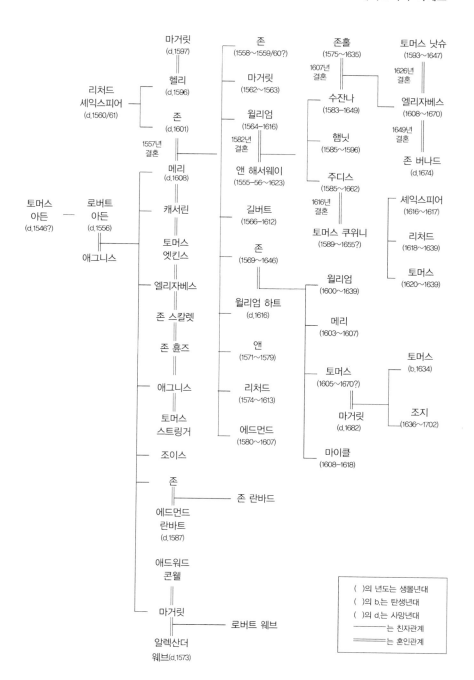

( )의 년도는 생몰년대
( )의 b.는 탄생년대
( )의 d.는 사망년대
──── 는 친자관계
════ 는 혼인관계

리처드
셰익스피어
(d.1560/61)

마거릿
(d.1597)

헬리
(d.1596)

존
(d.1601)

1557년
결혼

존
(1558〜1559/60?)

마거릿
(1562〜1563)

윌리엄
(1564-1616)

1582년
결혼

앤 해서웨이
(1555-56〜1623)

길버트
(1566-1612)

존
(1569〜1646)

윌리엄 하트
(d.1616)

앤
(1571〜1579)

리처드
(1574〜1613)

에드먼드
(1580〜1607)

존홀
(1575〜1635)

1607년
결혼

수잔나
(1583-1649)

햄닛
(1585〜1596)

주디스
(1585〜1662)

1616년
결혼

토머스 쿠위니
(1589〜1655?)

윌리엄
(1600〜1639)

메리
(1603〜1607)

토머스
(1605〜1670?)

마거릿
(d.1682)

마이클
(1608-1618)

토머스 낫슈
(1593〜1647)

1626년
결혼

엘리자베스
(1608〜1670)

1649년
결혼

존 버나드
(d.1674)

셰익스피어
(1616〜1617)

리처드
(1618〜1639)

토머스
(1620〜1639)

토머스
(b.1634)

조지
(1636〜1702)

토머스
아든
(d.1546?)

로버트
아든
(d.1556)

애그니스

메리
(d.1608)

캐서린

토머스
엣킨스

엘리자베스

존 스칼렛

존 휴즈

애그니스

토머스
스트링거

조이스

존

에드먼드
란바트
(d.1587)

존 란바드

애드워드
콘웰

마거릿

알렉산더
웨브(d.1573)

로버트 웨브

장미전쟁 역사극의 가계도

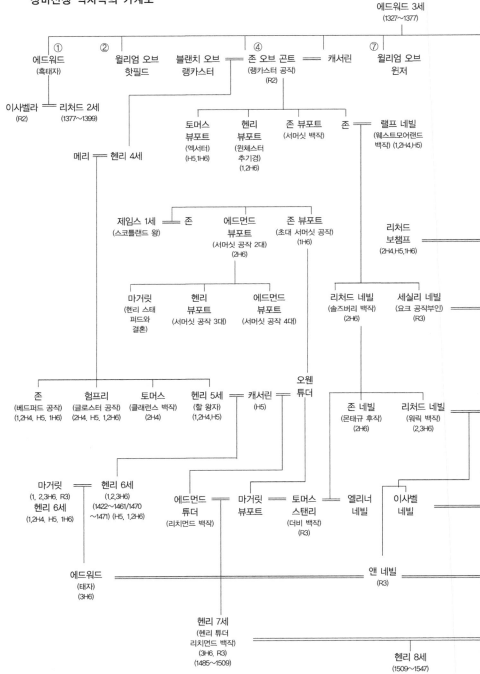

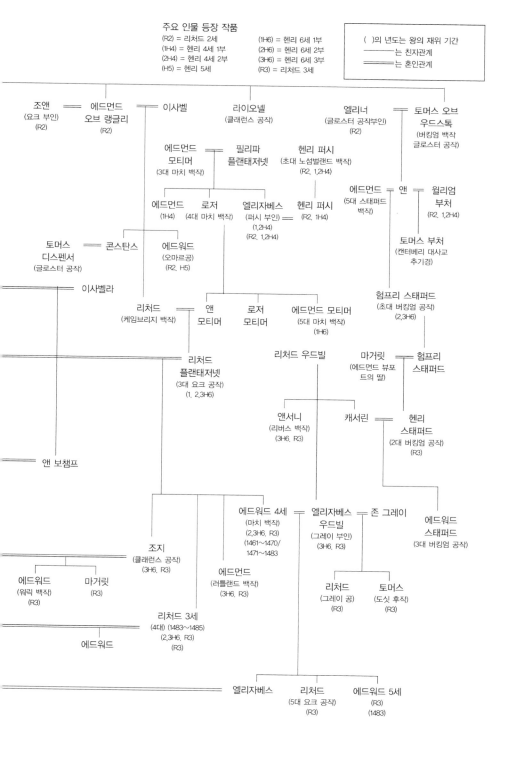

주요 인물 등장 작품
(R2) = 리처드 2세
(1H4) = 헨리 4세 1부
(2H4) = 헨리 4세 2부
(H5) = 헨리 5세

(1H6) = 헨리 6세 1부
(2H6) = 헨리 6세 2부
(3H6) = 헨리 6세 3부
(R3) = 리처드 3세

( )의 년도는 왕의 재위 기간
───── 는 친자관계
═════ 는 혼인관계

조앤
(요크 부인)
(R2)

에드먼드
오브 랭글리
(R2)

이사벨

라이오넬
(클래런스 공작)

엘리너
(글로스터 공작부인)
(R2)

토머스 오브
우드스톡
(버킹엄 백작
글로스터 공작)

에드먼드
모티머
(3대 마치 백작)

필리파
플랜태저넷

헨리 퍼시
(초대 노섬벌랜드 백작)
(R2, 1,2H4)

에드먼드
(5대 스태퍼드
백작)

앤

윌리엄
부처
(R2, 1,2H4)

에드먼드
(1H4)

로저
(4대 마치 백작)

엘리자베스
(퍼시 부인)
(1,2H4)

헨리 퍼시
(R2, 1H4)

헨리 퍼시
(R2, 1,2H4)

토머스 부처
(캔터베리 대사교
추기경)

토머스
디스펜서
(글로스터 공작)

콘스탄스

에드워드
(오마르공)
(R2, H5)

이사벨라

리처드
(케임브리지 백작)

앤
모티머

로저
모티머

에드먼드 모티머
(5대 마치 백작)
(1H6)

험프리 스태퍼드
(초대 버킹엄 공작)
(2,3H6)

리처드
플랜태저넷
(3대 요크 공작)
(1, 2,3H6)

리처드 우드빌

마거릿
(에드먼드 뷰포
트의 딸)

험프리
스태퍼드

앤서니
(리버스 백작)
(3H6, R3)

캐서린

헨리
스태퍼드
(2대 버킹엄 공작)
(R3)

앤 보챔프

에드워드 4세
(마치 백작)
(2,3H6, R3)
(1461~1470/
1471~1483)

엘리자베스
우드빌
(그레이 부인)
(3H6, R3)

존 그레이

에드워드
스태퍼드
(3대 버킹엄 공작)

조지
(클래런스 공작)
(3H6, R3)

에드먼드
(러틀랜드 백작)
(3H6, R3)

리처드
(그레이 공)
(R3)

토머스
(도싯 후작)
(R3)

에드워드
(워릭 백작)
(R3)

마거릿
(R3)

리처드 3세
(4대)(1483~1485)
(2,3H6, R3)
(R3)

에드워드

엘리자베스

리처드
(5대 요크 공작)
(R3)

에드워드 5세
(R3)
(1483)

영국 왕가 족보 (1)

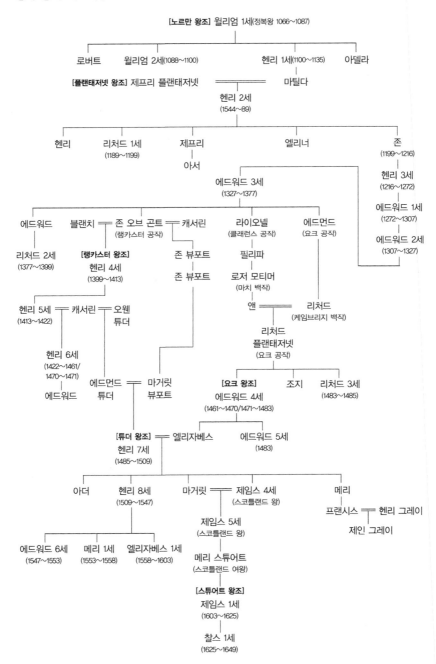

[노르만 왕조] 윌리엄 1세(정복왕 1066~1087)

로버트　윌리엄 2세(1088~1100)　헨리 1세(1100~1135)　아델라

[플랜태저넷 왕조] 제프리 플랜태저넷 ═══ 마틸다

헨리 2세
(1544~89)

헨리　리처드 1세
(1189~1199)　제프리　엘리너　존
(1199~1216)

아서

헨리 3세
(1216~1272)

에드워드 3세
(1327~1377)

에드워드 1세
(1272~1307)

에드워드　블랜치 ═══ 존 오브 곤트 ═══ 캐서린　라이오넬　에드먼드
(랭카스터 공작)　　　　(클래런스 공작)　(요크 공작)

에드워드 2세
(1307~1327)

리처드 2세
(1377~1399)

[랭카스터 왕조]
헨리 4세
(1399~1413)

존 뷰포트

존 뷰포트

필리파

로저 모티머
(마치 백작)

헨리 5세 ═══ 캐서린 ═══ 오웬
(1413~1422)　　　　튜더

앤 ═══ 리처드
(케임브리지 백작)

헨리 6세
(1422~1461/
1470~1471)

에드먼드 ═══ 마거릿
튜더　　　　뷰포트

리처드
플랜태저넷
(요크 공작)

에드워드

[요크 왕조]　조지　리처드 3세
에드워드 4세　　　　　(1483~1485)
(1461~1470/1471~1483)

[튜더 왕조] ═══ 엘리자베스　에드워드 5세
헨리 7세　　　　　　　(1483)
(1485~1509)

아더　헨리 8세　마거릿 ═══ 제임스 4세　메리
(1509~1547)　　　　　(스코틀랜드 왕)

프랜시스 ═══ 헨리 그레이

제임스 5세
(스코틀랜드 왕)

제인 그레이

에드워드 6세　메리 1세　엘리자베스 1세
(1547~1553)　(1553~1558)　(1558~1603)

메리 스튜어트
(스코틀랜드 여왕)

[스튜어트 왕조]
제임스 1세
(1603~1625)

찰스 1세
(1625~1649)

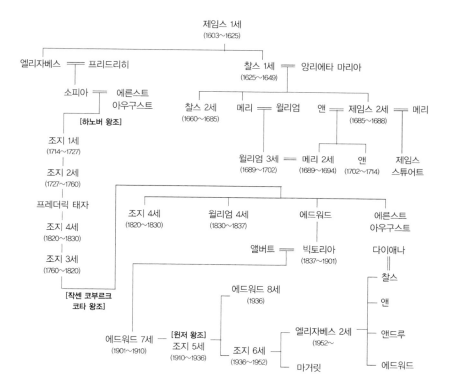

헨리 5세

월리엄 셰익스피어 ^ᛁ 이태주